BVT

In der Wüste liegt ein toter Soldat mit einem so friedvollen, fast heiteren Gesichtsausdruck, daß die Beduinen, die ihn finden, sich nicht entschließen können, ihn zu begraben. Wie und warum kam er zu Tode? Hat ihn jemand geliebt? Vermißt ihn jemand? Schritt für Schritt enthüllt Dominique Sigaud seine Geschichte in einer immer weiter zurückgreifenden sprachgewaltigen Erzählung.

Dominique Sigaud, 1959 in Paris geboren, arbeitet als freie Journalistin und Schriftstellerin. Sie hat zahlreiche Reisen unternommen für ihre Reportagen über Algerien, Tunesien, Israel und den Libanon. *Annahmen über die Wüste* ist ihr erster Roman, für den sie vielfach ausgezeichnet wurde.

DOMINIQUE SIGAUD

Annahmen über die Wüste

Roman

Aus dem Französischen von Lis Künzli

Berliner Taschenbuch Verlag

FSC
Mix
Produktgruppe aus vorbildlich bewirtschafteten Wäldern und anderen kontrollierten Herkünften

Zert.-Nr. GFA-COC-001223
www.fsc.org
© 1996 Forest Stewardship Council

Januar 2009
BvT Berliner Taschenbuch Verlags GmbH, Berlin
Die Originalausgabe erschien 1996 unter dem Titel
L'Hypothèse du desert
bei Gallimard, Paris

Umschlaggestaltung: Rothfos & Gabler, Hamburg
Druck und Bindung: CPI – Clausen & Bosse, Leck
Printed in Germany
ISBN 978-3-8333-0588-7

www.berlinverlage.de

Inhalt

Erster Teil

Die Besiegten (I) 11
Irgendwo in der Wüste (I) 15
Die Besiegten (II) 63
Mary Miller 67
Die Besiegten (III) 107
Der französische Hauptmann 113

Zweiter Teil

Irgendwo in der Wüste (II) 137
Irgendwo in der Wüste (III) 161

Der Krieg hat begonnen. Niemand weiß mehr, wo oder wie, aber er ist da. Heute steckt er hinten im Kopf, hinten im Kopf hat er das Maul geöffnet, und er faucht. (…) Niemand wird bis zum Ende durchstehen. Niemand wird verschont bleiben.

J. M. G. Le Clézio, *Der Krieg*

Erster Teil

Die Besiegten (I)

Sie sitzen oder stehen im Schatten ihrer verkohlten Panzer, andere liegen auf dem Sand. Sie sehen in die Sonne, sie sehen nur noch die Sonne oder gar nichts mehr.
Ihre Haare sind grau geworden. Sie reden nicht miteinander, sie denken an ihre Heimkehr; sie haben den ganzen Krieg daran gedacht.

Die Jüngeren gehen mit verschlossenen Gesichtern auf und ab; sie sehen die älteren Soldaten, die ihre Väter sein könnten, nicht an, sie fürchten, sie könnten in ihren Augen zuviel Resignation und Ekel entdecken.

Sie sind weit weg von allem. Niemand kann sie sehen, da wo sie sind, auch nicht in Gedanken, und

sie wissen es; sie glauben, daß sie niemandem etwas bedeuten, außer vielleicht ihrer Familie und ihren Nachbarn. Das war früher auch nicht anders. Doch früher war das nicht wichtig, sie waren in ihren Häusern und auf ihren Straßen, und ihr Leben war nicht bedrohter oder glücklicher als das aller anderen. Heute könnte der Gedanke, daß Fremde von ihnen wissen, an sie denken, etwas Rettendes an sich haben. Aber sie wissen, daß es keinen Sinn hat, darauf zu hoffen.
Das haben sie in diesem Krieg gelernt. Einige von ihnen haben Angst, an diesem Wissen zugrundezugehen.

Sie denken an die Kilometer, die sie in umgekehrter Richtung zurücklegen müssen. Wieder die Sonne, der Staub, die Müdigkeit. Die kalten, zu kurzen Nächte, und die Befehle.
Sie haben Durst. Aber es fehlt an Wasser und an Nahrung.

Es wird Nacht, und sie erinnern sich an die anderen, die desertiert sind, als die Flieger die Flugblätter über ihnen abgeworfen haben, in denen man sie aufforderte, sich zu ergeben.
Sie wissen nicht, wo sie sich im Augenblick befinden. Auf den Flugblättern stand, daß sie nichts zu

befürchten hätten. Einige sollen zwar behauptet haben, sie seien nach der Gefangennahme gefoltert worden, aber sie wissen nicht, ob das stimmt.
Sie sagten, sie wollten nicht sterben, und flüchteten; Tausende von ihnen dachten bereits so. Die älteren unter ihnen dachten an die gefallenen Söhne des vorigen Krieges und fragten sich, warum nach den Söhnen nun auch die Väter sterben sollten. Die anderen fragten sich, warum sterben, wenn sie doch niemandem etwas bedeuteten? Es gab noch genug Wein an ihren Hauswänden, um in aller Ruhe abzuwarten, bis ihre Stunde kam, und das war alles, was sie besaßen, nichts als die Tage, die ihnen zu leben blieben, bis zum Ende.

Sie wußten, daß man seine Ehre verlor, wenn man sich dem Feind ergab. Aber sie sagten sich, daß dies ein Krieg ohne Ehre geworden war, ein Krieg der Lügen.
Man hatte sie ausgeliefert. Die Rolle, die man ihnen zugedacht hatte, war zu sterben, sie waren nur dafür da. Tausende von ihnen verwesten bereits im Sand.

*

Als der Krieg ausgebrochen war, hatte man ihnen befohlen, in die Wüste vorzurücken. In Schußweite der Kanonen an der Grenze hatten sie angehalten; sie hoben Schützengräben aus und warteten. Tagelang.
Das Essen wurde rationiert. Sie lagen in ihren Unterständen und verließen sie nur nachts. Es wurden viele Nächte, und sie begannen, an den Wein an den Hauswänden zu denken, an den Geruch von kandierten Zwiebeln, an die Langeweile und die Angst. Am Anfang konnten sie diese Gedanken abschütteln, wenn sie sich den Sieg vorstellten. Aber es wurde immer schwerer, sich den Sieg vorzustellen, und die Angst wuchs.
Immer häufiger betrachteten sie den Himmel über sich. Immer schwärzer erschien er ihnen. Und da sie den Schlaf kaum noch fanden, begannen sie mit leiser Stimme miteinander zu sprechen.
Erst sprachen sie von ihren Straßen, von ihren Kindern, vom Frieden, und später von der Angst und vom Tod. Schließlich kam der Angriff, und sie wurden geschlagen. Viele von ihnen, die nicht sterben wollten, starben.

Irgendwo in der Wüste (I)

Der Krieg war zu Ende. Ein Mann lag mitten in der Wüste. Er war tot.

Auf der anderen Seite der Grenze lagen die Leichen von besiegten Soldaten, den Körper zerfetzt oder seltsam unversehrt, der Blick ins Unendliche gerichtet oder die Lider geschlossen, die starren Hände in die Erde gekrallt. Es gab keine Frauen unter ihnen, sie waren woanders gestorben, in den Städten oder in der Nähe der Städte; es gab auch keine Kinder. Nur junge, kaum erwachsene, und ältere Soldaten, die den scharfen Geruch von verwesendem Fleisch verbreiteten; an manchen Stellen bedeckten sie den Boden.

Die Sonne hatte bereits ihr Werk getan, die Leichen waren aufgedunsen, die Haut schwarz und bläulich verfärbt, die Körper verkrümmt. Der feste Stoff

ihrer Uniformen war haltbarer, eines Tages würden dort, wo sie gefallen waren, nur noch Stoffetzen liegen, neben jungen, gebleichten Knochen.
Niemand hatte diese Leichen gefilmt, und deshalb existierten sie im Grunde auch nicht. Die, die sie getötet hatten, vergaßen sie als erste. Nur ein paar junge Soldaten erinnerten sich vielleicht, wenn das Gedächtnis ihnen einen Streich spielte, wenn der Abend sich dem Ende zuneigte und die Nächte in Erinnerung brachte, in denen sie auf den Angriffsbefehl warteten, und die paar Nächte, kaum ein Dutzend, in denen der Krieg stattfand.
Nur diejenigen, die vergeblich auf die Rückkehr der Soldaten gewartet hatten, dachten noch lange danach an sie, die in ihren Stein- und Dünengräbern lagen. Aber auch sie hatte man nicht gefilmt.

Die Arme weit vom Körper gestreckt und die Brust zum Himmel gerichtet, sah der Mann, der allein auf dem Sand lag, eher wie ein Ruhender als wie ein Toter aus. Seine Lippen, die zu einem schwachen Lächeln erstarrt waren, und die Augen, die unter der Sonne hin und wieder aufblitzten, verstärkten noch die Ähnlichkeit mit einem Lebenden. Er lag schon seit mehreren Tagen da, in derselben Stellung.

Auf der anderen Seite der Dünenkette, einige Kilometer weiter, verlief die Grenze; da wo er lag, waren die fremden Armeen nur vorbeigezogen. Er war ein Fremder. Ein Soldat.

Um ihn herum war nichts, nur Sand. Er bedeckte alles, nur ein paar dürre, braune Grasbüschel sahen hier und da aus ihm heraus, und die Sonne schimmerte rötlich auf den Dünen, eine erdrückende Leere und Weite umgab den Toten. Er war eine Grabfigur, ein Mann, der von nun an still war.

Ali ben Fakr hatte ihn zufällig vier Tage nach Beendigung der Kampfhandlungen entdeckt. An jenem Morgen fand er den Himmel beim Aufwachen klarer als gewöhnlich, zum ersten Mal seit Kriegsausbruch, zum ersten Mal, seit der Frieden zurückgekehrt war. Er ging, statt seinen Laden – eine Mischung aus Drogerie, Kurzwaren, Haushaltswaren – an der Hauptstraße zu öffnen, auf die Steinbrücke am Ende des Dorfes zu, und dort nahm er die Dünenpiste, die Piste, die nur einige Erdölbohrlöcher und mehr oder weniger legale Umschlagplätze miteinander verband, wo man Reifen, Kanister, Werkzeuge und seit kurzem schwere Helme und Uniformjacken tauschen konnte.

Zum ersten Mal seit Monaten ging er durch das

ausgetrocknete Wadi. Der Krieg hatte sich weiter östlich abgespielt, auf der anderen Seite der Grenze, aber solange die fremden Armeen mit ihren gepanzerten Wagen das Dorf durchquert hatten und über die nahen Pisten gefahren waren, hatte er es vorgezogen, zu Hause zu bleiben.

Zu dieser Stunde war es weder zu heiß noch zu kühl, keine Wolke trübte den strahlenden Himmel; Ali ben Fakr blieb von Zeit zu Zeit stehen, um die Sonne auf seiner Haut zu spüren, und seine Haut schien aufzuleben in dieser Landschaft, die er mehr als alles auf der Welt liebte. Seine Lungen weiteten sich, der Friede, den er sich herbeigewünscht hatte, war da, alles nahm wieder seinen Lauf, und der Krieg war nur noch eine ferne Erinnerung; vielleicht hatte er nie stattgefunden.

Er verließ die Piste bald und ging quer über die Dünen; seine Beine kannten jede Form und jede Mulde, die Art, wie der Wind sie nachts versetzt hatte; bei diesem Tempo würde er in weniger als einer Stunde bei Faisal Mahdi sein.

Er bereitete die Sätze vor, die er bei der Ankunft zu ihm sagen wollte. Er würde ihn als ersten sprechen lassen, Mahdi würde ihm endlos seine letzten Errungenschaften beschreiben, Frauen, Möbel, Schmuckstücke, Pferde; sie würden zu den Boxen

gehen; sie würden die Stuten tätscheln und von den letzten Rennen sprechen, kennerhaft die Kruppen und Gelenke betasten, und zum ummauerten Anwesen zurückkehren, das sich Mahdi mitten in der Wüste hatte bauen lassen.
Ali ben Fakr würde warten, bis sie die Schwelle überschritten hatten, und dann sagen: »Ich will Djamel«. Faisal würde ihm ins Gesicht lachen, und noch bevor er fortfahren könnte, antworten: »Du bist verrückt! Weißt du, was der kostet?« Und er, Ali, würde das Bündel Banknoten hervorziehen. Er wollte dieses rotbraune Vollblut, alles Geld, das er in zwanzig Jahren auf die Seite gelegt hatte, würde draufgehen, aber sei's drum, er wollte das Pferd.

Das Dorf war schon lange nicht mehr zu sehen; ein paar Meter weiter lag der tote Soldat, doch Ali ben Fakr ging an ihm vorbei, ohne ihn zu bemerken. Erst als er schon fast bei der nächsten Düne angekommen war, blieb er stehen und drehte sich um, aber nur flüchtig, weil er glaubte, auf das Skelett eines Pferdes oder eines Hundes gestoßen zu sein. Wenn er Faisal Mahdi noch zu Hause antreffen wollte, mußte er spätestens um elf Uhr da sein, und wenn er sich ein wenig beeilte, war er früher da; Faisal Mahdi schätzte es, wenn man früh kam.

»Alter Ganove«, murmelte Ali ben Fakr, als er an die stets halbgeschlossenen Augen seines alten Freundes dachte, der durch die Entdeckung einer Ölquelle auf seinem Land plötzlich zu Reichtum gekommen war; und an seine kurzen Finger, an denen Siegelringe steckten. Hinge er nicht an dem Pferd wie ein Kind an seiner Amme, hätte er ihn den ganzen Tag warten lassen. Er wiederholte noch einmal »alter Ganove«, dann blieb er stehen, ohne zu wissen warum, und dachte an die Leiche, an der er vorbeigegangen war. Er drehte sich um; er sah sie nur undeutlich, er ging ein paar Schritte zurück und blieb dann stehen: Es war ein Mensch und kein Hund, der da mitten im Nichts lag. Ein menschlicher Körper, die Brust zum Himmel gerichtet.
Ali ben Fakr zögerte. Sollte er ihn sich näher ansehen, oder nicht? Er dachte an das Vollblut in seiner Box, an den Frieden um ihn herum, an die Geldscheine in seiner Tasche. Es waren nur noch zwei oder drei Kilometer bis zu Faisal Mahdi. Aber vielleicht lebte dieser Mann noch. Er ging ein paar Schritte auf ihn zu und blieb abrupt stehen, als er den Drillich sah, den der Mann trug, und die Militärstiefel an seinen Füßen.
Ein Schweißtropfen lief ihm über die Stirn. Der Krieg war vorbei, er war nicht mehr wichtig, warum sollte er sich mit den Überresten eines Soldaten

belasten? Warum, wenn ihn doch niemand sah? Er trat vor, wich zurück, ging noch ein Stück, blieb wieder stehen, brummte vor sich hin, die Hände feucht, die Stirn naß. Dann faßte er einen Entschluß: Wenn er lebt, kümmere ich mich um ihn; ist er tot, überlasse ich ihn seinem Schicksal. Und machte die letzten Schritte. Die offenen Augen des Mannes starrten zum Himmel, und sein regloser Körper lag auf dem Sand. Ali ben Fakr wandte den Kopf ab, schüttelte seine Sandalen aus und vermied es, die Leiche anzusehen. Er machte eine Handbewegung, als wollte er einen Gedanken verscheuchen, und machte kehrt; er hatte schon genug Zeit verloren, und er konnte ohnehin nichts mehr für den Mann tun. Es war bestimmt ein fremder Soldat, der sich verirrt hatte.

Er machte sich wieder auf den Weg und dachte an das Pferd, ihm war warm, aber als er auf dem Kamm der Düne angekommen war, wandte er sich unwillkürlich um. Der Körper lag ein Stück weiter unten, von der Sonne beschienen; Ali ben Fakr dachte: ›Von allen verlassen‹, und ging weiter, nun aber langsamer. Die Sonne brannte auf seine Schläfen; etwas in ihm zog sich zusammen. Das kam vielleicht von der Hitze oder von der Wegstunde, die er hinter sich hatte. Oder vielleicht von der Leiche, die dort unten wie eine Plastikpuppe

auf dem Rücken lag? Er konnte nichts daran ändern; es reichte schon, daß dieser Mann und seinesgleichen bis hierhergekommen waren und die Ruhe gestört hatten. Der Sand wird sich seines Körpers annehmen, und dann wird sich die Wunde schließen, ohne eine Narbe zu hinterlassen. Wie es sich gehörte.
Ali ben Fakrs Puls schlug unregelmäßig, er konnte nicht umhin, seine Augen noch einmal auf die Gestalt im Sand zu richten. Der Anblick dieses menschlichen Wesens, das allem fremd geworden war, zerriß ihm das Herz; einen Moment hatte er das Gefühl, daß er an seiner Stelle hätte da liegen können. Er legte seinen Beutel ab und setzte sich, nicht ahnend, daß er die gleichen Bewegungen ausführte wie der Mann ein paar Tage vor ihm.

Der Schatten des Soldaten zitterte leicht in der Sonne, seine Handflächen waren zum Himmel gerichtet. Ali ben Fakr betrachtete seine eigenen Hände und fühlte sich einsam wie nie zuvor; er legte die Hände auf sein Gesicht, dann wandte er den Kopf wieder dem Mann zu und betrachtete ihn. Dann stand er auf und legte die paar Meter zurück, die ihn von der Leiche trennten.

Als er bei dem Soldaten angekommen war, rief Ali ben Fakr unwillkürlich Gott an und beugte sich vor. Der Mann lächelte. Fast hätte man meinen können, er hätte eben noch gelacht. Ein friedlicher Glanz lag in seinen Augen, und an seinem Körper war keine Wunde zu sehen. Ali ben Fakr kauerte sich nieder, und ein Gefühl des Friedens überflutete ihn angesichts dieses Mannes, der seit mehreren Tagen oder erst seit einer Stunde tot war und lächelte, als wollte er im nächsten Augenblick aufstehen.

Unendlich erstreckte sich die Wüste um sie herum, ohne Schatten, ohne Laut; der Sand zeigte keine Spur vom Vorüberziehen der fremden Armeen. Da war nur dieser Soldat in seiner Uniform, den Kragen des Hemdes offen, die Hände auf dem Sand, da lag er ausgestreckt in der Stille. Ali ben Fakr streckte die Hand aus, um die Lider zu schließen; es war eine mechanische Geste, die Geste des Lebenden angesichts des Toten, eine Art, den Mann in die Ewigkeit zu entlassen und die Zeit des Krieges von der des Friedens zu trennen. Doch seine Hand hielt inne. Er wußte nichts von den Körpern, die den Körper dieses Mannes gezeugt hatten, ihn an sich gedrückt, gestreichelt, vielleicht verletzt hatten; er wußte nicht, warum er dalag und lächelte, jetzt, nach Kriegsende; er hatte das Gefühl, wenn er ihm die Augen schlösse, schnitte er ihn für immer von der Welt ab, in der er sich noch befand. Es war, als würde er ihn töten. Aber er mußte es tun, er konnte diese Leiche mit diesem ewig in die Welt gerichteten Blick nicht so liegen lassen; er, der nicht tot war, mußte es für den Toten tun; der Unterschied zwischen ihnen mußte ausgedrückt werden.

Ali ben Fakr versuchte es ein zweites Mal, vergeblich. Er sagte sich, er werde es später tun, wenn er genug Zeit neben dem Mann verbracht hätte, um ihn endgültig und ohne Reue von allem zu trennen. Dann fiel ihm ein, daß er ihn auch begraben müßte. Es war wohl an ihm, dem Mann die sanfte Ruhe unter der Erde zu verschaffen, er mußte es für ihn tun und für sich selbst, damit alles wieder seine Ordnung hatte. Aber dann wäre er der Letzte, der sich über ihn gebeugt hätte, der Letzte in seinem Leben, der letzte Zeuge. Er wußte, wenn er ihn begrub, würde sich ihm die Erinnerung für immer einprägen, und er fragte sich, ob er den Abdruck dieses Lebens auf seinem zulassen wollte. Wäre er dreißig gewesen, so alt wie der Soldat oder ungefähr so alt, hätte er sich einfach gesagt, er bestatte einen toten Soldaten. Jetzt aber, in seinem Alter, wie hätte er ihn unter die Erde bringen können, ohne das Gefühl zu haben, er begrabe sich selbst

mit ihm? Er hatte das Gefühl, dem eigenen Tod eine Bresche zu schlagen, wenn er diesen Mann, den er nicht kannte, verschwinden ließ, diesen Fremden, der ihm nichts war und für den er nichts war, ihn unter die Erde brachte, ihn den Blicken entzog. Er begriff, daß er es nicht tun würde.
Ali ben Fakr bedeckte das Gesicht mit den Händen, als weinte er. Aber er weinte nicht. Wieder lief ein Schweißtropfen über seine Stirn; er nahm einen Schluck Wasser, aber seine Kehle trocknete gleich wieder aus, in seinem Kopf begann es sich zu drehen, und er sank bewußtlos neben dem toten Soldaten nieder.

Einzig die Sonne bewegte sich über den beiden Männern; niemand hätte sagen können, ob hinter den geschlossenen Augen des einen und dem unendlich wachen Blick des anderen Gedanken entstanden, aber das Gesicht Ali ben Fakrs zuckte manchmal, eine Muskelspannung, ein Rest Müdigkeit.
Der Schatten eines Raubvogels hoch am Himmel weckte ihn etwas später; die Sonne stand senkrecht über ihm, sein Herz schlug unregelmäßig. Er schaute auf den Mann, der neben ihm lag, sah sein glattes, fast kindliches Gesicht, die Falte um seinen Mund, und glaubte einen Augenblick, daß er ihn

noch nie gesehen hätte oder daß er ihn seit jeher kannte, wenn sich nicht gar sein eigenes Gesicht auf diesen friedlichen Zügen abzeichnete, die der Tod noch nicht verwandelt hatte. Ali ben Fakr hatte vergessen, daß der Krieg zu Ende war. Einen Augenblick glaubte er, daß er tot sei, vielleicht war er verletzt, verlor Blut, vielleicht hatte er den Mann umgebracht, oder der Mann ihn. Er wollte schreien, er sah die Dünen, erinnerte sich, wo er war und warum. Er sah auf die Uhr. Es war zu spät für Faisal Mahdi. Die Beine waren ihm eingeschlafen, er stützte sich schwer auf die Hände, um aufzustehen, wieder streifte sein Blick das Gesicht des Mannes, und er wollte schreien, um ihn zu wecken. Er legte das Ohr an seine Lippen, doch die Lippen waren kalt, der Mund nur ins Leere geöffnet, kein Atemzug. Ali ben Fakr richtete sich auf und sah sich plötzlich auf der Düne stehen, alt und allein; sein Geschlecht hing schlaff zwischen den Beinen, seine Schenkel waren feist und schwer, seine Finger genauso kurz und dick wie die von Faisal Mahdi, und sein Bauch hing in einer Falte über den Hüften. Er senkte den Blick: Ihm war der Tod viel näher als dem jungen Soldaten, und Angst überkam ihn, eine so tiefe Angst, daß sie ihn verschlungen hätte, wenn ihm nicht das Bild des rotbraunen Vollbluts in den Sinn gekommen wäre; wie im Traum sah er das

Tier wie einen Gepard über den Sand schießen, die anderen Pferde streifen, um sie zu erschrecken, und davonjagen, lospreschen, alle anderen mit fliegender Mähne zurücklassend, während der Sand stiebt, bis es die Siegesschreie hört und jählings, sich aufbäumend, anhält, zehnmal, zwanzigmal, als wollte es den Boden zertrümmern. Um dieses Pferd zu bekommen, hatte Ali ben Fakr mehr als fünfhundert Tausenderscheine in der Tasche, er hatte sie wieder und wieder gezählt, als zählte er jeden einzelnen Tag seines Lebens, hatte sie mit einem Gummiband zusammengerollt und spürte sie nun durch den Stoff an seiner Haut. Dieses Geld stellte zwanzig Jahre seines Lebens dar. Zwanzig Jahre für ein Vollblut, das er nicht besteigen konnte. Er hatte das Gefühl, als lachte die Leiche neben ihm; er an ihrer Stelle hätte bestimmt gelacht.

Die Handflächen des Mannes waren zum Himmel gerichtet, als hätte er etwas nehmen oder halten wollen, aber es gab nichts um ihn herum. Warum lächelte er, wo er doch hätte aufheulen müssen wie ein Straßenköter? Was hatte er getan, daß sein Leben so zu Ende gegangen war? Welche Worte hatte er gesprochen, bevor er starb? An wen oder an was hatte er gedacht? Warum hatte er sich in diese Mulde der Düne gelegt ohne eine Waffe oder ein Zeichen? Wußte er, daß er nur noch eine Stunde hätte gehen müssen, um in Ridschna anzukommen?

Ali ben Fakr schnürte es von neuem die Kehle zu, er blickte zum Himmel und stand auf; er mußte weg von hier, er mußte weg, wenn er nicht den Verstand verlieren wollte.

Auf halber Höhe drehte er sich ein letztes Mal um; etwas weiter unten lag der Mann, erfüllt von der Sonne. Er konnte den Blick nur schwer von ihm losreißen.

*

Als er wieder in Ridschna war, begab sich Ali ben Fakr direkt auf den Marktplatz. Es war kurz vor eins, und wie jeden Dienstag und Donnerstag waren die meisten Männer des Dorfes da. Sie standen herum und befühlten die prallen Melonen auf dem Tuch, das auf dem Sand ausgebreitet war, oder sie standen im Schatten der Arkaden. Er steuerte auf die Männer zu, die im Café saßen.

Ihm war heiß, einer der Männer fragte ihn lachend, was mit ihm los sei. Ein anderer rief ihm zu: »Bringt dich deine Frau immer noch so ins Schwitzen?« Aber er brummte nur etwas vor sich hin, holte tief

Atem und erzählte, was er in der Wüste entdeckt hatte. Die Männer um ihn, gewöhnlich so redselig, waren stumm wie Fische.

Nie, solange sie denken konnten, hatten sie Ali ben Fakr mit so einem Gesicht gesehen, diesen brillanten Marktschreier, dieses Schlitzohr, das schon jedem von ihnen genug Kessel und unechte Goldfüller verkauft hatte, um drei Generationen einzudecken. Sie konnten sich nicht erinnern, ihn jemals so sprechen gehört zu haben, ohne eine Geste, den Blick gesenkt, die Stimme abwesend. Sie wagten nicht mehr, ihn anzusehen. Sie dachten nicht einmal daran, ihn zu fragen, wie der Mann aussah, was für eine Uniform er trug, ob er bewaffnet war, ob er braune oder blonde Haare hatte oder einen Schnurrbart. Sämtliche noch frischen Erinnerungen des Krieges wurden wieder wach, das Heulen der Jagdflieger nachts über ihnen und in der Ferne das dumpfe Grollen der Artillerie über den Dünen; ihre bitter gewordenen Träume, wenn sie sich mitten in der Nacht fragten, ob es mit ihnen zu Ende ginge, und wie sie ihre Hände betrachteten, als wären ihnen die Gesten entfallen. Dann die fremden Truppen mit ihren hellhäutigen Soldaten, die das Dorf durchquerten, ihre zu lauten, näselnden Stimmen und die Art, wie sie sie ansprachen, ohne sie wirklich anzusehen, und nur von dem Wasser tranken, das sie mit sich trugen, obwohl es doch im Dorf genug Wasser gab; kaum waren sie aus den Lastern gestiegen, fragten sie nach einem Telefon, sie sprachen nur deshalb mit ihnen. Andere streckten ihnen Zigaretten oder Kaugummi entgegen, als hätten sie noch nie Zigaretten oder Kaugummi gesehen, das brachte die Kinder zum Lachen, sie sagten: »Thank you, thank you«. Die Soldaten fotografierten sie, stiegen wieder in ihre Laster, und man sah sie nie wieder. Erst lachten sie darüber. Dann hörten sie auf, die Soldaten zu erwarten. Einige der Männer von Ridschna sagten: »Und wenn ich ihre Städte mit Panzern durchquerte, ohne ihr Wasser zu trinken, und sagte, macht Platz, ich bin die Ordnung und der Frieden, was würden die sagen, he, was würden die wohl dazu sagen?« Aber auch sie verstummten schließlich und taten, als gäbe es keinen Krieg, nur ihre Dominospiele waren leiser geworden, und sie merkten nicht, daß sie ihre Abende und ihre Gespräche abkürzten; schließlich sagten manche, daß diese Armeen von Ungläubigen den heiligen Boden ihrer Ahnen besudelten, aber sie wußten, daß dies leere Worte waren.

Daran mußten sie denken, als sie Ali ben Fakrs Erzählung von dem Soldaten im Sand hörten; an diesen Krieg, den sie nicht angefangen und dessen

Gewicht sie plötzlich auf sich gespürt hatten; darum verstummten sie, als der Markt sich seinem Ende zuneigte und andere Männer zu ihnen stießen, und als diese sahen, daß sie stumm waren wie ein Grab, fragten sie, was los sei.

Ali ben Fakr erzählte die Geschichte für sie ein zweites Mal, dann ein drittes Mal für die, die noch später dazukamen. Bald waren es dreißig Männer um den Tisch. Die Nachricht machte die Runde über den Platz, durch die benachbarten Gassen. Ein paar Alte, die noch nichts gesagt hatten, fragten Ali ben Fakr aus. Einer fragte, wo der Mann lag, ein anderer, wer er war, der nächste, was für Kleider er trug, der vierte erkundigte sich nach seiner Haarfarbe. Schließlich sprachen alle gleichzeitig, und Ali ben Fakr ließ sie reden, dann schrie er sie plötzlich an, sie sollten schweigen, und fragte, ob sie sicher seien, nichts Ungewöhnliches bemerkt zu haben, als sie in letzter Zeit über die Dünen gegangen waren, und ob sie schwören könnten, daß sie nicht, auch nicht von weitem, die Gestalt eines Mannes gesehen hätten.

Sie begannen ihr Gedächtnis zu durchforsten. Sie konnten sich schlecht erinnern. Ja, jetzt, da er davon sprach, hatten sie vielleicht etwas bemerkt. Vielleicht waren sie sogar einen Augenblick stehengeblieben, ohne genau zu wissen, warum.

Aber sie hatten sich dem, was sie wahrgenommen hatten, nicht genähert, sie hatten ihren Weg fortgesetzt.

»Was ist aus uns geworden?« fragte Ali ben Fakr, und sie schwiegen eine Weile. »Was ist aus uns geworden?« wiederholte er, und keiner antwortete. Nur der Sohn des Blinden ergriff das Wort und sagte, daß sie ihn bestatten müßten, bevor er von den Hunden gefressen würde. Aber Ali ben Fakr wollte nicht sofort zur Düne zurück. Er schlug vor, später hinzugehen, wenn es nicht mehr so heiß war, und ging nach Hause.

Zu Hause bedrängte ihn Nur mit Fragen. Sie wollte wissen, warum er so früh aufgebrochen, wohin er gegangen war. Sie erwähnte sogar Faisal Mahdi und das Pferd. Sie wußte von seinem Vorhaben, er hatte oft genug davon gesprochen. Sie sagte: »Du bist zu ihm gegangen, und er wollte dir das Pferd nicht verkaufen, stimmt's, er wollte nicht?« Aber er antwortete nicht, er stand vom Essen auf und legte sich nieder. Als sie später ins Schlafzimmer trat, drehte er sich zur Wand und stellte sich schlafend.

Das Bild des toten Soldaten ging ihm nicht aus dem Kopf. Er fragte sich, ob ihn jemand absichtlich dort hingelegt hatte, damit man ihn nicht fand, oder im Gegenteil, damit man ihn eines Tages entdeckte. Aber wer? Warum? Und wenn nicht, warum hatte sich der Mann allein da hingelegt? Mit geschlossenen Augen rief er sich die Dünen, die reglose Silhouette am Hang und seine Angst ins Gedächtnis. Der Mann lag jetzt noch immer in der Sonne, mit ausgestreckten Armen. Er war vor ihm geflohen. Wer war er, vor diesem ungezeichneten toten jungen Soldaten zu fliehen? Ein Verlangen, zu der Düne zurückzukehren, ergriff ihn, und er schlief ein. Er träumte von einem Gesicht, das ins Dunkle gewandt war und eine Flut von unverständlichen Wörtern hervorbrachte. Das Bild weckte ihn; das Bett neben ihm war leer. Er stand auf und trat hinaus.

Er öffnete seinen Laden, ohne das Eisengitter ganz nach oben zu ziehen, und bediente rasch die zwei, drei Kunden, die vorbeikamen. Etwas später kam der Sohn des Blinden und schlug ihm vor, die letzten Stunden des Tages zu nutzen, um den toten Soldaten zu bestatten, aber er erwiderte, es sei besser, morgen bei Tagesanbruch hinzugehen, wenn es kühl war. Kurz vor Sonnenuntergang schloß er den Laden und ging allein auf die Dünen zu.

Er hatte ein paar Steine gut sichtbar auf den Kamm der Düne gelegt, und so fand er die Stelle mühelos wieder. Auf den letzten Metern wurde er langsamer, und die einsam daliegende Silhouette ergriff ihn aufs neue. Der Mann hatte die Arme ausgebreitet, als lachte er, und die Augen schienen in die Weite gerichtet, über den Horizont hinaus. Einen Augenblick wunderte er sich darüber, daß sich kein Sand auf die Uniform oder die Handflächen des Toten gelegt hatte. Ihm war, als hätte sich etwas verändert, aber er hätte nicht sagen können was; vielleicht hatte der Wind die Form der Düne ein wenig verwandelt.

Er setzte sich neben die Leiche. Die beginnende Dämmerung beleuchtete die Dünenkämme; der feine Sand wurde unter seinen Fingern kühler. Der Mann lächelte noch immer. Ali ben Fakr betrachtete das friedliche Gesicht des jungen Soldaten, seinen sanften Blick; er sah aus wie ein Mann, der liebte, ein sanfter Mann, der liebte. Ali ben Fakr mußte daran denken, daß er früher, vor langer Zeit, geglaubt hatte, er würde ein Leben als Grundbesitzer verbringen, als ein Mann, der seine Morgen Land abschreitet, ohne an Leid oder Mißerfolg auch nur zu denken. Er mußte zwanzig gewesen sein; das war so jung, so wenig. Er hatte nur noch eine vage Erinnerung daran. Später hatte er gelernt zu lügen, zu schweigen. Aber er hatte auch gekämpft, auf seine Art. Eine kleine Gruppe hatte sich abends zusammengefunden, um über politische Rechte zu diskutieren, die keiner offen einzufordern wagte. Die Versammlungen waren geheim. Sie liebten das, sie waren Verschwörer. Das war fast vierzig Jahre her. Er hatte nie mehr an diese Treffen gedacht. Und hier, neben dem toten Soldaten, wurde ihm klar, warum. Das alte, begrabene Bild stieg in ihm auf. Fuad, tot in der Wüste, ein Loch im Kopf.

Ali ben Fakr senkte den Blick, senkte den Kopf; sein ganzer Körper sackte in sich zusammen. Er war es gewesen, der Fuad zufällig entdeckt hatte, ein paar Kilometer vom Dorf entfernt. Fuad war kein Fremder, er war eine Straße von seiner geboren; er hatte diese Treffen organisiert und Ali ben Fakr überredet, daran teilzunehmen. Er war zehn Jahre älter als sie. Sie nannten ihn den Dichter, weil er seine Reden mit Metaphern spickte. Er hatte ihnen gesagt, man müsse dem Land eine Zukunft geben, es zum Leben erwecken, es lieben und vieles mehr in der Art. Es hatte nur drei Monate gedauert. Einer von ihnen, sie hatten nie herausgefunden, wer, hatte ihn schließlich verraten. Man hatte ihn umgebracht und seine Leiche in die Wüste gelegt, damit sie verstummten. Und sie waren verstummt; sie hatten sich nie wieder getroffen.

Einen Augenblick ging das Gesicht des Soldaten in das des Dichters über. Er war gestern abend vor dem Toten hier geflohen wie dreißig Jahre früher vor dem anderen, und die Tage, die seit der Entdeckung der Leiche vergangen waren, hatten kein anderes Ziel, als seine Flucht vergessen zu machen. Sie sollte in seinem Leben nicht mehr Gewicht haben als die im Sand verwehte Spur eines Pferdes. Ali ben Fakr dachte, daß der Tod so sein mußte, fast so, daß das Leben verwehte und keine Bedeutung mehr hatte, und er dankte dem Himmel, daß der tote Soldat bei ihm war, denn sonst wäre er verrückt geworden.

Es war Nacht geworden, und in der Dunkelheit dachte Ali ben Fakr daran, daß sie den Soldaten am Morgen bestatten würden. Er beugte sich noch einmal über ihn, und vor dem sanftmütigen Gesichtsausdruck des Toten ergriff ihn eine wilde Sehnsucht, der Wunsch, alles noch einmal zu leben, ein anderer Mensch zu sein, sein Leben wegzuwerfen und von vorn zu beginnen, zu sagen, was nicht gesagt worden war, und neue Gesten zu finden, zu schweigen, sich hinzugeben, sich zu erinnern. Und er sagte zu dem toten Soldaten: »Und wer wird mir vergeben?« Aber der Soldat antwortete nicht. Dunkelheit lag auf seinem Gesicht, er schien weit weg, in sehr alte Erinnerungen vertieft, und Ali ben Fakr fühlte sich wieder so allein wie nie zuvor. Er hätte am liebsten die ganze Nacht neben dem Mann verbracht und alles noch einmal an sich vorbeiziehen lassen, was er getan hatte, all die Tage und Nächte, doch er fürchtete Nurs Fragen, wenn er zu spät nach Hause käme. So beschloß er aufzubrechen. Er hatte die ganze Nacht vor sich, um darüber nachzudenken, was er aus seinem Leben gemacht hatte, und sich zu fragen, was nun werden sollte.

Die Nacht war schrecklich. Nurs Körper an seiner Seite war ihm fremd, das Haus war ihm fremd, der schlafende Himmel um ihn herum, die Bäume des Palmenhains und die Erde waren ihm fremd; alles wandte sich von ihm ab, alles entzog sich ihm. So wartete er, daß der Tag dieser Nacht ein Ende setzte, und im Morgengrauen klopfte der Sohn des Blinden an die Tür. Er war in Begleitung von drei anderen Männern gekommen. Sie trugen Schaufeln bei sich, und Ali ben Fakr glaubte einen Augenblick, sie wären gekommen, um ihn zu begraben.

*

In der kalten Morgenluft durchquerten die fünf Männer das schweigende Dorf. Langsam hellten sich die Dünen der Wüste auf. Ab und zu traten ihre Sandalen auf ein Stück Metall oder den Fetzen

eines Reifens, Überbleibsel vom Durchzug der fremden Armeen, und sie stießen sie mit dem Absatz unter den Sand. Als sie die Düne erreichten und die Leiche sahen, blieben die Männer, die Ali ben Fakr begleiteten, stehen. Sie dachten an den Krieg. Nur der Sohn des Blinden lächelte; Ali ben Fakr wußte nicht, warum.
Später bemerkte der Jüngste von ihnen, daß der Mann keine Erkennungsmarke um den Hals trug. Er sagte, nur Ärzte könnten den Zeitpunkt seines Todes feststellen, aber die Ärzte waren mit den Armeen wieder abgezogen, und sie einigten sich schließlich darauf, daß eine solche Berechnung sinnlos war. Ihre Schaufeln ruhten auf dem Sand. Einer von ihnen fragte, ob es nicht besser wäre, mit der Bestattung ein wenig zu warten, da jemand den Toten vielleicht erkennen könne. Seine Gesichtszüge seien so gut erhalten. Schließlich, fügte er hinzu, gebe es keinen Grund zur Eile. Ali ben Fakr lächelte. Aber der Sohn des Blinden sagte: »Wißt ihr nicht, daß das Gebot Gottes besagt, alle Seine Söhne müssen ohne Unterschied so schnell wie möglich bestattet werden?« Sie wußten es; sie wußten, daß die vom Gesetz vorgeschriebene Frist streng auf vierundzwanzig Stunden begrenzt war. Aber dieser Tote gehörte ihnen nicht, und sagte Gott nicht auch, daß ein Mann mit seinem Namen

in der Erde ruhen müsse? Was hatte es schon zu bedeuten, sie gaben dem Sohn des Blinden, dessen Gesicht vor Eifer feucht war, keine Antwort; seit dem Tod seines Vaters kannten sie solche Reden aus seinem Munde. Ali ben Fakr begnügte sich damit zu sagen, daß sie das im Dorf entscheiden würden, und sie brachen auf.

Eine Schar von Männern erwartete sie im Café. Sie erzählten ihnen bis in alle Einzelheiten, was sie gesehen und warum sie den Soldaten nicht begraben hatten. Einer der Zuhörer sagte, sie müßten sich alle an Ort und Stelle begeben, um über das Schicksal der Leiche zu entscheiden.

Gegen Abend, als die Sonne nicht mehr so heiß war, machte sich eine Gruppe von etwa zwanzig Männern auf zur Düne. Selbstverständlich ohne eine Frau – kein Vater, kein Ehemann und kein Sohn, und wenn er noch so aufmerksam, zärtlich oder wichtigtuerisch war, hatte diese Geschichte vor den Frauen auch nur erwähnt. Die meisten von ihnen hatten nicht einmal daran gedacht.

Ali ben Fakr forderte, daß Steine um den Körper gelegt wurden, damit der von vielen Tritten gelockerte Sand nicht auf ihn wehte, dann setzte er sich und sah ihn an.

Faruk al-Bassan, seit mehr als zwanzig Jahren der erste Fleischer am Ort, näherte sich dem Toten als erster, wandte sich aber mit Brechreiz sogleich wieder ab. Dieser Mann, der für seine Ängstlichkeit genauso bekannt war wie für seine Gutherzigkeit, hatte das Kriegsende so begeistert und erleichtert begrüßt wie ein zum Tode Verurteilter seine Begnadigung. Vier Tage und vier Nächte lang brutzelten in seinem Garten Dutzende von Schafen über dem Feuer, man sah ihn singen und tanzen; und gleich am ersten Morgen hatte er die Türen und sämtliche Fensterläden seines Hauses in kräftigen, leuchtenden Farben neu gestrichen, dann hatte er sich in den Schatten seines Hauseingangs gesetzt und die Vorübergehenden aufgehalten, um mit ihnen dieselben Höflichkeiten wie früher auszutauschen. Der Krieg hatte ihm zuviel über die Zerbrechlichkeit des Lebens vor Augen geführt, er hatte von Rissen und Abgründen geträumt, davon, daß die Erde unter seinen Füßen nachgab. Seither hatte er sich immer wieder von neuem der Unsterblichkeit der Menschen im allgemeinen und seiner eigenen im besonderen vergewissert. Er wandte sich von der Leiche ab und entfernte sich. Niemand versuchte, ihn zurückzuhalten.
Ein alter Mann, den man oft alleine am Ufer des ausgetrockneten Flusses sitzen sah, wandte sich an

Ali ben Fakr und fragte ihn, wie lange der Soldat schon tot sei, doch Ali ben Fakr sah, daß der Mann sich nach seiner eigenen Lebensdauer fragte und überließ ihn seiner Frage.
Die anderen Männer betrachteten den Soldaten mit in sich gekehrtem Blick und schwiegen. Als sie seine sandfarbene Haut und seine Kleider sahen, eine Uniform in Tarnfarben, wie sie sie alle schon gesehen oder selbst getragen hatten, war ihnen klar, daß sie nicht herausfinden würden, zu welcher Armee er gehört hatte. Der Mann, der da vor ihnen im Sand lag, war tot, war der tote Mensch schlechthin, seine Leiche war die Leiche schlechthin, ein Körper, dessen Seele sich verflüchtigt hatte, so wie ihre Seele eines Tages ihren Körper verlassen würde. Der wechselnde Himmel über ihnen ließ die Augen des Mannes mal dunkel und schwarz erscheinen, mal hell aufleuchten, und einigen kam es so vor, als blickten sie in eine große Weisheit. Unter einem Auge hatte eine seit langem getrocknete Träne eine Spur auf der Haut hinterlassen, sie sah aus wie eine Falte. Sie glaubten darin ein Zeichen der Trauer zu erblicken, der Trauer im Moment des Todes, ein Bedauern, ein letztes Innehalten vor dem Abschied, und sie empfanden nichts als Mitgefühl für ihn. Um ihn verstummte alles, selbst das Kriegsgrollen der Bomber und Panzer, die Sirenen

und Schreie, die sie nachts noch immer zu hören glaubten, wenn sie aufmerksam lauschten. Dann hörten sie das Knirschen ihrer Sandalen auf dem Sand wieder, das leise Rauschen des Windes im Abendlicht, und sie sprachen mit leiser Stimme miteinander, einzig aus dem Verlangen, den vertrauten Klang ihrer Stimmen zu hören.

Ali ben Fakr betrachtete jene unter den Männern, die damals mit ihm an den Treffen des Dichters teilgenommen hatten. Schweißtropfen standen auf ihrer Stirn, ihre Hände zitterten; da wußte er, daß auch ihre Erinnerungen zurückgekehrt waren.

Es wurde dunkel, und die Männer hatten den Soldaten noch immer nicht begraben, keiner von ihnen hatte den Mut dazu. Sie sagten einander, sie würden es später tun, morgen, sie kämen wieder. Dann kehrten sie in kleinen Gruppen zurück. Als sie das Dorf vom Kamm einer Düne sahen, hatte das Licht des zur Neige gehenden Tages die Mauern dunkelbraun gefärbt. Da trat Aiman ibn Sa'abi auf Ali ben Fakr zu.

Die beiden Männer waren am selben Maimorgen geboren, im Abstand von einer Stunde; sie wuchsen wie Zwillinge oder Brüder auf und lernten und taten alles gemeinsam. An seinem achtzehnten Geburtstag hatte Ali ben Fakr die jüngere Schwester Aimans geheiratet, die ein paar Jahre später im Kindbett starb. Und dann war da der Dichter. Sie nahmen gemeinsam an seinen Versammlungen teil, ohne daß jemand davon wußte, denn man glaubte, sie seien nach Al Madschnun zum Viehmarkt gefahren oder zum Pferderennen. Der Dichter starb, und ihre Lebenswege gingen auseinander.

Im Laufe der Jahre war Aiman ibn Sa'abi genauso hager und wortkarg geworden wie Ali ben Fakr dick. Er war Stufe um Stufe in der Geistlichkeit des Dorfes aufgestiegen, bis er eine Art Kadi wurde, der genauso wegen seiner nüchternen Strenge wie aus Angst vor seinen engen Beziehungen zu den mächtigen Männern dieses Landesteils respektiert wurde. Die beiden Männer waren einander aus dem Weg gegangen, erst aus Vorsicht, später aus Gewohnheit. Wenn Ali ben Fakr sich im Café über die hohen Steuern ausließ oder über die Dummheit dieses oder jenes örtlichen Potentaten, zwei seiner Lieblingsthemen, sah man seinen ehemaligen Freund nicht selten auf dem Absatz kehrtmachen, während er vor sich hin murmelte: »Das Fett hat nicht in seinem Bauch haltgemacht.«

Der Krieg hatte nichts daran geändert. Während Ali ben Fakr aus seinem Zorn keinen Hehl machte, bemühte sich Aiman ibn Sa'abi, seine Mitbürger von der Berechtigung einer Intervention zu über-

zeugen, deren einziges Ziel es sei, Recht und Frieden wiederherzustellen.
Aiman ging eine Weile schweigend neben Ali ben Fakr her, bis dieser schließlich das Wort ergriff. Ohne Aiman anzusehen, sagte er: »Gestern mußte ich an den Dichter denken; ich habe fünfunddreißig Jahre lang kein einziges Mal an ihn gedacht.« Und Aiman ibn Sa'abi antwortete: »Es ist kein Tag vergangen, ohne daß ich an ihn gedacht habe. Kein einziger.«

An diesem Abend sprachen die beiden Männer bis in den frühen Morgen über die fünfunddreißig Jahre, die vergangen waren, und als Ali ben Fakr am nächsten Tag aufwachte, wurde ihm bewußt, daß sie seit dem Tod des Dichters wahrscheinlich zum ersten Mal über ihn gesprochen hatten. Am Tag darauf stieß ein anderer ihrer damaligen Gefährten zu ihnen. Dann ein vierter. Und abends, als sie von der Düne zurückkehrten, gingen sie wie damals zusammen das ausgetrocknete Flußbett entlang und sagten sich, daß sie jetzt, da sie alt geworden waren, vielleicht wieder über politische Rechte und Demokratie reden könnten. Ali ben Fakr lächelte. Er wußte nicht, daß Nur al-Kutubi die vierte Nacht hintereinander mit offenen Augen im Dunkeln vergeblich Schlaf suchte.

*

Nur al-Kutubi war siebzehn, als Ali ben Fakr sie heiratete. Sie kannten sich seit langem; Nur al-Kutubi war die älteste Cousine der ersten Frau Ali ben Fakrs, so daß sie genug Gelegenheit hatte, ihn zu beobachten, bevor er sich ihr näherte. Sie hatte seine Haare ergrauen, seinen Bauch in die Weite gehen sehen; sie hatte sein dröhnendes Lachen gehört und seine mörderischen Zornesausbrüche. Später, als er Witwer war, spürte sie, wie sein Blick auf ihr ruhte, über ihren Nacken glitt, über ihre Brüste, die Hüfte entlangfuhr und bei der rundlichen Mulde über ihrem Gesäß verweilte.
Als sie hörte, daß er um ihre Hand anhielt, hatte sie gelacht. Niemand wußte, ob ihre Reaktion bedeutete, daß sie sich über seinen Antrag lustig machte oder ob er ihr Freude machte. Sie hatte nur gelacht und eine ihrer Tanten aufgesucht, die seit langem Witwe war, und als sie sie ein paar Stunden später wieder verließ, wußte sie mehr über die Ehe als manche alte Frau. Kurz darauf hatte sie ja gesagt. Nedschma hatte sie auch auf den richtigen Gebrauch der Siesta aufmerksam gemacht, etwas, aus dem sie als verheiratete Frau ihren Nutzen zu ziehen wußte; bis zu den Tagen nach Kriegsende jedenfalls.

Vom Krieg selbst hatte sie nur ein paar Panzer gesehen, die die Stadt durchquerten, und das dumpfe Grollen der Artillerie jenseits der Dünen gehört. Obwohl sie neugierig war auf die Soldaten in den hellen Shorts auf den Straßen Ridschnas, hatte sie sich instinktiv abseits gehalten. Sie wußte wenig über die Ursachen dieses Trubels; ein- oder zweimal hatte Ali ben Fakr abends ein paar Bemerkungen über die Ohnmacht der Schwachen und die Macht der Starken fallengelassen, aber sie hatte nicht versucht, mehr zu erfahren, und wenn sie im Dorf ein paar Sätze der Männer aufschnappte, die voller Zorn sagten: »Die glauben wohl, sie können machen, was sie wollen«, wollte sie nicht wissen, was das zu bedeuten hatte. Sie hatte nur darauf geachtet, daß ihre Kinder sich nicht vom Palmenhain entfernten, und wenn ihr Lachen etwas leiser geworden war, geschah es ohne ihr Wissen.
Als Ali ben Fakr ihr eines Morgens sagte, daß der Krieg zu Ende sei, war sie einfach nur glücklich. Sie schmiegte sich an ihn, und sie liebten sich, dann wusch sie die Laken von allen Betten, die Hand- und Tischtücher und die Vorhänge. Sie sagte nichts, als er am folgenden Tag wieder von dem rotbraunen Vollblut anfing; er sprach davon, seit sie ihn kannte. Und als er am nächsten Tag finster und verschlossen aus der Wüste zurückkehrte, hatte sie

angenommen, daß Faisal Mahdi sein Angebot abgelehnt habe. Aber an jenem Abend war er später als gewöhnlich nach Hause gekommen, und am Tag darauf war sein Platz beim Aufwachen wieder leer, so daß sie sich schließlich fragte, ob eine andere Frau im Spiel sei. Sie hatte ihn beobachtet, als er fortging, um zu sehen, ob er diesen etwas nervösen, fast tänzelnden Schritt hatte, den die Männer haben, wenn es sie drängt, zu einem Körper zurückzukehren, den sie noch kaum kennen. Aber nein, er bewegte sich immer noch schwerfällig, und zwei Tage später liebte er sie wieder. Aber auch das war anders. Er hielt seine Lust mit einer Geduld zurück, die sie nicht an ihm kannte, und drang in sie ein, als wollte er ihr etwas sagen. Sie bemerkte auch, daß sein Blick voller Sehnsucht war, seine Stimme nahm ungewohnte Tonlagen an, sein ganzer Gang kam ihr verändert vor, es war, als ginge er rückwärts, als bewegte er sich in einer anderen Welt. Eines Abends wollte sie es wissen, und als er am folgenden Tag im Morgengrauen aufbrach, folgte sie ihm.

Wie er überquerte sie die Steinbrücke, folgte ihm über die Piste, dann von Düne zu Düne, blieb stehen, wenn er stehenblieb, hielt den Atem an, wenn der Wind weit trug, und warf sich auf den Sand, sobald sie merkte, daß er sich umdrehen wollte, bis sie ihn auf einem Dünenabhang stehenbleiben sah. Es waren noch weitere Männer da, sie kannte alle.

Sie lag im Sand und beobachtete sie lange. Sie standen um einen Körper herum. Sie schaute sich fast die Augen aus, aber es passierte nichts. Sie rührten sich nicht und schienen auch nicht zu sprechen. Da machte sie kehrt und ging zurück. Den ganzen Tag fragte sie sich, was für ein Wahnsinn die Männer gepackt hatte, wer diese am Boden ausgestreckte Leiche war und warum sie alle da herumstanden, ohne sie zu begraben. Aber als Ali ben Fakr in der Nacht zurückkehrte, stellte sie ihm keine Fragen.

Sie wartete, bis er eingeschlafen war, dann stand sie auf, nahm ihren dunkelsten Schleier und verließ das Haus. Die Straßen des Dorfes waren verlassen. Nur ein paar Hunde streunten herum. Nur al-Kutubi zog ihren Schleier enger zusammen, als sie die Wüste vor sich sah, schwarz wie ein Brunnen ohne Grund; einen Augenblick fühlte sie sich so allein wie nie zuvor und ging zitternd auf die erste Düne zu. Die Fußspuren der Männer waren verweht. Sie glaubte, ein Geräusch zu hören, und drehte sich um, aber nichts regte sich, die Wüste war stumm, dunkel, und die Sterne standen blaß am Nachthimmel.

Eine Stunde später erreichte sie die Düne, wo Ali

ben Fakr stehengeblieben war. Etwas weiter unten lag der Körper. Sie hielt den Atem an, als sie ihn entdeckte, und als sie nur noch wenige Meter von der Leiche trennten, wieder. Sie hatte Angst, dachte, es sei Wahnsinn, hierherzukommen, sie überlegte, ob sie kehrtmachen sollte. Wenn sie noch länger blieb, fand sie am Ende den Rückweg nicht mehr. Aber genau in dem Augenblick, als sie umkehren wollte, trat der Mond aus den Wolken, der Sand färbte sich zart, hell, fast weiß, und Nur al-Kutubi kam es vor, als wäre sie eingehüllt in Frieden und Ruhe. Die Finger in die Handflächen gepreßt, trat sie an den Mann heran. Sie beugte sich über ihn. Er schien zu schlafen. Seine Hände ruhten auf dem Sand, die Haare fielen in Locken über seine Stirn. Sie fand ihn schön. Sie setzte sich. Die Sanftheit seiner Züge wirkte wie ein Schleier auf seinem Gesicht, das der Mond mit klarem, fast weißem Licht erleuchtete. Er war jung und lächelte. Sie hatte noch nie einen Toten aus solcher Nähe gesehen; sie sagte sich, daß die Männer aus dem Dorf genauso von seinem ruhigen Gesicht gerührt sein mußten, und sie begann zu verstehen, woher die Verwandlung Ali ben Fakrs rührte.

Kurze Zeit später erhob sie sich, weil ihre Beine steif wurden. Sie warf den Kopf in den Nacken und sah den gewölbten Himmel, schwarz wie Pech. Sie dachte an die Panzerkolonnen, die über den Sand gefahren waren, an die Soldaten in den hellen Shorts, ihre von der Sonne gerötete Haut, und fragte sich, ob der Mann zu ihnen gehört hatte. Sie glaubte, in der Ferne ein Lachen zu hören, und drehte sich um, aber es war nur das Jaulen eines Hundes. Dann spürte sie, wie sich der Sand unter ihren Füßen leicht bewegte, und machte unwillkürlich eine Bewegung auf den Mann zu: Er hatte ihr den Kopf zugewandt und schaute sie an.

Nur al-Kutubi steht auf. Sie wendet den Kopf und schaut um sich, so weit sie kann, weit über die Dünen, in die Nacht und den Himmel hinaus. Sie sucht nach einem festen Punkt, sie sucht etwas, was die unabänderliche Ordnung der Dinge wiederherstellt und ihr in Erinnerung ruft, daß das Leben vom Tod getrennt ist und daß sie nie wissen wird, was die beiden verbindet. Die Einsamkeit, die sie in diesem Augenblick spürt, ist schrecklich, die Erde stürzt ein, sie kann noch so rufen, schreien, das Höllentor schließt sich hinter ihr, ihr Gesicht und ihre Hände lösen sich bereits auf; sie fällt auf die Knie, die Nacht macht sie blind, sie sinkt zusammen, und der Mann neben ihr sagt: »Hab keine Angst.« Aber sie will es nicht wahrhaben, sie hält sich die Ohren zu und redet sich ein, sie habe nichts gehört, sie schreit sogar, doch der Mann hat keine Angst vor ihrer Angst und wiederholt seine Worte. Sie will aufstehen, aber der Sand gibt unter ihren Füßen nach, und die Beine tragen sie nicht, sie glaubt, sie müsse sterben, einen Moment wünscht sie es sogar, und als sie die Augen zum Himmel richtet, sieht sie, daß er ganz schwarz ist. Da endlich wagt sie es, den Mann anzusehen, der langsam, ein drittes Mal, sagt: »Hab keine Angst.« Er scheint zu wissen, daß sie nicht einfach so von der Erdoberfläche verschwinden kann. Aber sie dreht sich um und glaubt, den Verstand zu verlieren; sie sagt sich, daß sie auf der Stelle zurückkehren muß, weg von hier. Sie versucht erneut aufzustehen, doch die Beine versagen, nur die Lippen bewegen sich, und sie hört sich mit einer Stimme, die ihr fremd ist, sagen: »Aber du bist doch tot.« Der Mann lächelt unmerklich und schließt die Augen. »Du siehst ja, daß ich tot bin«, sagt er. Sie findet das nicht komisch. Sie steht auf, schüttelt ihren Schleier aus, und in dem Augenblick, als sie sich zum Gehen wendet, hört sie ihn fragen: »Kommst du wieder?«

Als Nur al-Kutubi zu Hause ankam, zitterte sie noch immer am ganzen Körper. Sie legte sich neben Ali ben Fakr, so nah sie konnte, und küßte ihn. Er legte sich mit geschlossenen Augen auf sie und drang in sie ein; sie schluchzte noch lange und wußte nicht, ob es wegen der ein wenig dumpfen Lust war, die sie empfunden hatte, oder wegen der Worte des Mannes, den sie mit Sicherheit tot geglaubt hatte.

Am nächsten Tag suchte sie gleich nach dem Aufstehen ihre Tante Nedschma auf. Die Alte, tief in ihren Kissen, ließ Nur die Geschichte dreimal bis in die kleinsten Einzelheiten wiederholen, während sie ihren Stock waagerecht vor sich hin streckte; dann schwieg sie eine geraume Zeit, ein Lächeln auf den Lippen, und als sie schließlich wieder aus ihrer Versunkenheit auftauchte, sah sie ihre Nichte freundlich an und sagte: »Meine Tochter, ich kenne dich gut, sonst würde ich glauben, du hättest den Verstand verloren, und ich würde für deine Mutter beten, daß Gott der Allerhöchste ihre Seele beschützen möge. Aber ich kenne dich, und wenn meine Beine nicht so alt wären, ginge ich sofort mit dir an den Ort, wo du die Leiche gesehen haben willst. Geh heute abend noch einmal mit zwei, drei verläßlichen Frauen hin und komm dann wieder. Vielleicht bist du ein Opfer deiner Phantasie geworden, aber wer weiß … Gott schütze dich.«

Nur suchte ihre engsten Freundinnen auf. Sie hatte ihre Männer am Vorabend bei der Leiche gesehen. Aber um sie nicht zu erschrecken, sprach sie erst von den Veränderungen im Verhalten Ali ben Fakrs, und wie sie es erwartet hatte, gestanden ihr die drei Frauen, daß es ihnen mit ihren Männern ähnlich erging. Dann erzählte Nur, daß sie zunächst befürchtet hatte, Ali ben Fakrs sei ihr nicht treu, dann, wie sie ihm bis zur Düne gefolgt war, was sie dort gesehen hatte, ihre Männer, die Leiche, und schließlich sprach sie von der Nacht in der Wüste, von dem Toten, der sich ihr zugewandt hatte, von seinen Worten und schließlich von ihrem Besuch bei der alten Nedschma.
Die Frauen hörten ihr schweigend zu; jede fragte sich wenigstens für einen Augenblick, ob Nur al-Kutubi nicht den Verstand verloren habe. Aber sie kannten sie schon so lange und erklärten sich bereit, mit ihr in die Wüste zu gehen.

Die vier Frauen trafen sich kurz vor Mitternacht hinter der Steinbrücke. Der Mond war verschleiert, die Schatten waren tiefschwarz, die Piste lag verlassen vor ihnen. Sie hatten Angst; es war das erste Mal, daß sie aus dem Hause gingen, ohne daß jemand davon wußte, aber Nur al-Kutubi war so entschlossen, daß sie ihr bis ans Ziel folgten.

Als sie auf dem Kamm der letzten Düne angekommen waren, wies Nur auf den Körper am Hang unter ihnen. Die Frauen ließen sie alleine weitergehen. Doch dann folgten sie ihr und standen eine Weile reglos vor dem Soldaten, ihre dunklen Schleier flatterten im Wind und verdeckten ihre Gesichter.

Ein langer Augenblick der Stille trat ein. Der Mann lag mit geschlossenen Augen da, die Hände zum Boden gedreht, und die drei Frauen begannen sich zu fragen, ob Nur nicht geträumt hatte. Aber wie in der Nacht zuvor wandte er sich ihr zu und schaute sie an, seine Lippen öffneten sich leicht; der Himmel über ihnen schimmerte schwarz, die Dünen lagen still da, und der Soldat begann zu sprechen. Er sprach ohne Unterbrechung die ganze Nacht hindurch. Er sprach vom Krieg; vom Krieg und von der Zerstörung, vom Schrecken der letzten Kämpfe, von den Händen der Männer auf den Waffen, bebend erst, dann ruhig und präzise, von der Erde, die Tag und Nacht bebte, vom beißenden Geruch des Pulvers und von der Angst, vom Erbrechen vor Angst, von den unwillkürlichen Zuckungen, den Körpern, denen der letzte Rest Frieden ausgetrieben worden war, den zerfetzten Kinderleichen und den Frauen, die zwischen den Häuserruinen verbluteten, den feindlichen Linien, den Schlachtfeldern und den Flüchtlingen zwischen Schutt, Blech und Körpern, den Gefangenen, die mit der Stirn auf dem Boden knieten und von Schluchzen geschüttelt wurden, von Männern, die im Schlaf schrien, und von anderen, die mit verstörtem Gesicht von dem Mann sprachen, den sie vor ihren Augen hatten sterben sehen, von den erschöpften und stummen Soldaten, von jenen, die so schnell wie möglich Schluß machen wollten, und von jenen, die laut lachten; von den Hunderten von Gesichtern, die in Dutzenden von Sprachen redeten, von ihren würzigen und faden, fetten und einfachen Speisen, ihren knochigen oder breiten Schultern, die alle gleichermaßen zusammenzuckten, wenn sich eine Hand auf sie legte.

Er schluchzte; er hatte junge Frauen gesehen, die auf blutigen Bahren lagen, er hatte Frauen gesehen, die ihren Rock hoben und ihre Haarknoten lösten, wenn es Abend wurde und in den Lagern Musik erklang. Er hatte einen Jungen gesehen, den Soldaten in einem behelfsmäßigen Unterschlupf gefunden hatten, ein Bein ausgerissen, den Körper vom Fieber geschüttelt, unfähig zu sagen, wer er war. Er hatte faden Kaffee getrunken mit Männern, die schweigend auf den Beginn der Kämpfe warteten; er war mit ihnen durch die Nacht marschiert und hatte gehört, wie sie über diesen Krieg sprachen, der mit keinem anderen zu vergleichen war. Er hatte ihre Angst gespürt, ihre Verwirrung, manchmal ihren Haß; bei diesem Wort senkte er die Augen und dämpfte die Stimme: Er hatte Männer gesehen, die andere umbrachten, ohne sie anzusehen, er hatte Männer gesehen, die um ihr Leben flehten, während sie starben. Er hatte ihre Schreie gehört ... Er hielt inne, machte mit der Hand eine abrupte wegwerfende Geste, schloß die Lider und schwieg.

Die Frauen betrachteten die Falte, die über seine Stirn lief, als weinte er, und rückten näher. Sie schwiegen, und sie wagten sich nicht mehr zu rühren, die Worte des Mannes drehten sich in ihren Köpfen wie aufgewirbelte Asche, und die älteste von ihnen flehte mit erstickter Stimme um Erlösung und Vergebung – aber für wen? Der Soldat hörte sie und wandte ihr den Kopf zu, dann schloß er die Augen wieder.

Die Morgendämmerung kündigte sich an, die Frauen mußten gehen. Noch einmal sprach der Soldat. Er sagte: »Kommt ihr wieder?« Die Frauen standen auf, ohne zu antworten. Sie gingen den Weg zurück, und im Dorf trennten sie sich wortlos.

Nur al-Kutubi suchte am nächsten Tag wieder ihre Tante Nedschma auf und erzählte ihr ausführlich, was sich in der vergangenen Nacht ereignet hatte. Die alte Frau hörte ihr mit abwesendem Blick zu, bis sie zu Ende war, dann stand sie langsam mit Hilfe ihres Stocks auf und sagte: »Gepriesen sei der Mensch, dem Gott die Sprache gegeben hat, denn ohne Zeugen wäre die Welt dem Untergang geweiht.«

In der folgenden Nacht saßen etwa zehn Frauen, alte und junge, Witwen, Verlobte und Jungfrauen wortlos auf der Düne. Einige weinten, denn der Mann rief in ihnen uralten Kummer und verblaßte, längst vergessene Liebe wach. Sie dachten an das lange Schweigen, in das sich ihre Männer manchmal hüllten, an ihre Wünsche nach einem Leben, das anders verlaufen wäre, ohne die sinnlosen Auseinandersetzungen am frühen Morgen oder am Nachmittag, ohne all die gehässigen, sinnlosen und frevelhaften Worte, gesprochen in der Illusion, mit diesen Verletzungen lasse es sich besser aushalten. Manchmal hatten sie Angst vor seinen Sätzen, wollten sie nicht hören, denn was würde aus ihnen werden, danach, wenn seine Worte sich in ihren Köpfen eingenistet hatten? Aber sie blieben; sie hatten sich schon immer danach gesehnt, daß ein

Mann mit ihnen sprach, sie hatten nie etwas anderes gewollt. Daß es ein Toter oder ein Fremder war, spielte keine Rolle.
Er wußte nichts von diesen Fragen und Zweifeln. Er lächelte sie an; er lächelte. Er hatte gehört, wie Nur al-Kutubi näherkam und ihn leise bedauerte. Ohne sich zu rühren, ließ er es geschehen, daß ihr Schleier ihn streifte, trotz der Tage und Nächte, die er in der Einsamkeit des Todes verbracht hatte, und trotz seiner Sehnsucht, sie anzusehen. Er wußte, daß sie heimlich gekommen waren, er hatte gehört, wie die Männer sagten, die Frauen dürften nichts davon erfahren. Aber jetzt waren sie da, und der Tod schmerzte nicht mehr; seine Hände, die er gerne nach ihnen ausgestreckt hätte, lagen auf dem Boden, aber mit den Worten hatte er die Frauen nächtelang berührt.

Eines Nachts sprach er nicht mehr vom Krieg, sondern vom Tod. Nicht von der Trennung, dem Schmerz und dem Schrecken, nicht vom würdelosen Ende, den Tränen, der Reue, sondern vom Danach: Vor sich auf einmal dieser Raum, wie ein strahlender Tag, der kein Ende kennt, und in seinem Innern dieser plötzliche Glanz, dieses Lachen, ein das ganze Leben von der Angst unterdrücktes Lachen, schließlich der Rausch, alles zu wissen, und der Friede, der immer größer wird, unermeßlich wie eine Hochsommersonne, die eins ums andere die Schönheiten und das Elend sichtbar macht, denen jeder Mensch begegnet und denen er sich beugt, die ihn manchmal aufschreien lassen mitten am Tag, an denen er sich aufrichtet, um weiterzuleben, getragen von der blendenden Kraft der verheimlichten Gedanken und dem Lachen, das das Gesicht zum Strahlen bringt, ohne eine Spur zu hinterlassen. Er hatte gesehen, wie sich die Männer von Ridschna über ihn beugten und wie sich ihr Blick öffnete, zum Wissen bereit, und dann wieder verschloß, da sie sich mit dem Unwissen zufrieden geben mußten. Er hatte sein eigenes Leben gesehen, hatte darüber geweint, die Idee des Menschen war so groß, und er hatte wie auf Sparflamme gelebt, wie ein Bedürftiger, und als er dann erkannte, was der Mensch war, als er sein halb gottähnliches, halb hundeähnliches Wesen begriffen hatte, schüttelte ihn ein gewaltiges Lachen, nächtelang; er lag unter den Sternen und lachte, und um ihn herum nichts als regloser Sand, so weit das Auge reichte, er lachte über das, was er war und was er hätte sein können, lachte über die Raserei der Menschen und ihr Gemetzel. Dann wieder weinte er darüber.

Die Herzen der Frauen drohten zu zerspringen;

sie dachten nicht mehr an die Männer und an die Kinder, sie vergaßen die Angst und die Reue. Wie die Männer kehrten sie mit anderen Blicken aus der Wüste zurück, wie die Männer lernten sie eine neue Geduld kennen.

*

Dann kam die achte Nacht, und die Frauen wußten, daß es die letzte war; der Blick des Mannes hatte sich verhärtet, seine Worte überstürzten sich, er wußte es selbst. Er sprach Worte aus, die er bis dahin zurückgehalten hatte, die letzten Ängste und auch die letzten Sehnsüchte, dann verstummte er.

Als seine Stimme erneut einsetzte, von weit her, abwesend, glaubten die Frauen zuerst, er würde mit Gott sprechen; aber nein, er sprach zu ihnen. Zum ersten Mal erwähnte er den Namen einer Frau; seine Hände skizzierten die Umrisse eines Körpers, der ihm durch nichts mehr zurückgegeben werden konnte; seine Stimme wurde schwächer, sein Gesicht verschloß sich, er schaute sie nicht mehr an; da vergaßen die Frauen ihre Sittsamkeit und gewährten diesem Mann, den die Einsamkeit zum Verzweifeln brachte, eine letzte Zärtlichkeit. Sie legten ihm die Hand auf die Stirn,

eine letzte Geste der Liebe, und ihr Gesang wiegte ihn ein, ganz sanft, linderte sein Leid.
Es wurde Morgen. Der Soldat wandte sich an Nur al-Kutubi und machte ihr ein Zeichen, das die anderen nicht sehen konnten. Die Frauen weinten nicht. Der Mann bat sie, keine rituellen Worte zu sprechen. »Der Tod reicht völlig«, sagte er, und sein Kopf fiel zur Seite.

*

Am nächsten Tag bemerkten die Männer, daß die Verwesung bereits eingesetzt hatte und der Soldat einen Geruch nach getrockneten Wunden und nach Tod ausströmte. Sie begruben ihn, ohne ein Zeichen auf das Grab zu setzen, da sie nicht wußten, woher er kam.

Die Besiegten (II)

Das Mädchen war wie jeden Morgen Milch holen gegangen, langsam kehrte es über die Brücke zurück und schwenkte den Korb am Arm. Die milde Luft kündigte den baldigen Frühling an, es sang vor sich hin.

Aus dem Flugzeug hatte ein Mann die Brücke gesehen. Er richtete sein Zielgerät, legte an und drückte ab, während ein anderer neben ihm »fire« schrie. Die erste Rakete schlug hinter der Brücke im Wasser ein, die Brücke schwankte, das Mädchen sah das Wasser, das unter seinen Füßen schimmerte, einen Augenblick wollte es hineinspringen, aber es konnte nicht schwimmen, so fing es an zu laufen; hinter ihm schrien Leute, es hörte vor allem die grellen Schreie der Frauen. Sein Vater hatte ihm gesagt: »Wenn das eines Tages passiert und es keine

Mauer gibt, hinter der du dich verstecken kannst, lauf und dreh dich nicht um, auch nicht, wenn du Lust dazu hast.« Er hatte hinzugefügt: »Man hat in so einem Fall immer Lust, sich umzudrehen.«

Es hatte das andere Ufer noch nicht erreicht, als das zweite Flugzeug über der Stadt erschien. Panische Angst befiel es, es hatte seine Sandalen verloren, warf aber trotzdem den Kopf hoch und lief noch schneller, die Brust voran, die Arme ausgestreckt. Da bemerkte es einen Mann am anderen Ufer. Er schaute zu ihm; die Leute um ihn herum rannten schreiend in alle Richtungen, er aber rührte sich nicht. Er ging dem Mädchen sogar ein paar Schritte entgegen.

Er hatte gesehen, wie es taumelte, als das erste Geschoß einschlug, und war stehengeblieben. Er hörte das zweite Flugzeug herankommen; für den Bruchteil einer Sekunde glaubte er, das Kind wollte aufgeben. Doch dann machte es eine rasche Bewegung, begann zu laufen. Er sah ihm mit seiner ganzen Kraft entgegen und rief ihm zu.

Das Kind hatte das Nahen des zweiten Flugzeugs wie ein Brennen im Rücken gespürt. Es strauchelte ein erstes Mal, fing sich aber wieder, ohne den Blick von dem Mann abzuwenden. Der Lärm hinter ihm wurde lauter, es strauchelte zum zweiten Mal. Im selben Moment sah es, wie der Mann sich

vorbeugte, ihm die Hände entgegenstreckte und noch lauter rief: »Lauf!«
Da richtete es sich wieder auf, so gut es ging. Sein Knöchel tat ihm weh. Das Herz schlug wild in seinem Kopf, es hatte Angst, schreckliche Angst.

*

Man sagt, das Kind habe sich nach dem Flugzeug umgedreht und den dunklen Glanz des Geschosses gesehen, seine Form, ein schrecklicher Rachen; dann setzte etwas, was es nicht kannte, in ihm schmerzhaft aus, und es mußte ein letztes Mal in die Richtung des Mannes sehen, es schnellte ein letztes Mal seinen Oberkörper vor, hob den Kopf und rannte, ohne seinen verletzten Knöchel zu spüren, ohne die Brücke unter seinen Füßen wahrzunehmen oder das Wasser darunter oder die Luft, die plötzlich glühend heiß und knapp wurde.
»Kleines Mädchen«, hatte der Mann mit leiser Stimme gesagt, »noch ein winziges Stück, kleines Mädchen, nur noch ein paar Schritte, die letzten«, und er schloß die Augen unter der Wirkung der Rakete, ihrer Kraft und ihrem Lärm.

Mary Miller

»Montag, 15. September ... Und dann die Sonnenaufgänge, Mary, diese großen weißen Sonnenaufgänge, die die ganze Wüste erfüllen und sie noch weiter machen; was für eigenartige Augenblicke des Friedens, was für eine Sanftheit ...« – »Montag, 28. Oktober. Alle Tage gleich, monoton. Marschieren – gestern zwanzig Kilometer –, Hektik, Lagebesprechungen, erste Standortbestimmungen, Karten auswendig lernen. Den Krieg vorbereiten. Träumen, er würde nicht stattfinden ... Wer kann wirklich Lust darauf haben? Fox zum Beispiel. Fox spricht von nichts anderem.« – »12. November. Die Temperatur schlägt jeden Tag neue Rekorde; darüber hinaus: keine besonderen Vorkommnisse. Hab Dein Paket erhalten ... Hab ich Dir schon gesagt, daß ich Dich liebe?« – »Dienstag, 13. Dezember.

Das Warten, immer und ewig. Aber worauf? Auf den Krieg vielleicht. Es ist ekelhaft, auf den Krieg zu warten. Die Jungs verlieren die Nerven immer schneller. Sie wollen, daß es endlich losgeht. Ich nicht. In der Zwischenzeit lerne ich von den französischen Unteroffizieren, Boule zu spielen. So lerne ich wenigstens etwas. Und du? Sei so lieb, meine Schöne, und erzähl mir etwas, nimm diese Langeweile von mir und schick sie zum Himmel. Wie geht es dem Hund? Und Deiner Klasse? Überschüttet Dich meine werte Frau Mutter immer noch mit ihren Plumcakes? Gib Bonny einen Kuß von mir.« – »25. Dezember. Fröhliche Weihnacht, meine Süße. Wenn Du wüßtest, wie Du mir fehlst, wie ich Dich liebe ... Heute abend gibt es Truthahn ... Warum keinen Fruitcake? Ich sagte zu den anderen: ›Ich mach für euch den Jesus in der Krippe‹, aber außer Roy fand das niemand lustig. Wo wirst Du heute abend sein? Ich denke so oft an Dich. Ich küsse Dich. John.« – »1. Januar. Im Namen des zukünftigen Valentin Miller, mit jüdischem Vater und protestantischer Mutter, den ich Dir gleich nach meiner Rückkehr machen werde, Madam, sende ich Dir meine verliebten Wünsche für das neue Jahr. Jede Nacht meine ich den Wind und den Regen an die Fensterläden unseres Zimmers klopfen zu hören, aber wenn ich aufwache, bist Du nicht da; ich möchte die Zeit zurückdrehen können und noch einmal von vorne beginnen, aber das würde auch nichts ändern, nicht wahr? Dasselbe würde wieder geschehen, genau dasselbe. Also mach ich Schluß damit und nehme Deine Brüste in die Hände, führe sie an meinen Mund, fahre mit den Fingern über Deinen Bauch, zwischen Deine Beine, dann mit meiner Zunge, und dort erzähle ich Dir Tausendundeine Nacht. Liebe mich, Mary. John.« – »Donnerstag, 10. Januar. Wenn Du diesen Brief erhältst, hat der Krieg vielleicht schon begonnen. Die Spannung steigt täglich. Heute morgen beim Frühstück hat Rodriguez gesagt, daß er nicht für Öl sterben will, er wurde sofort als Verräter beschimpft; dann haben sie sich die Köpfe eingeschlagen. Steward hat ihn daran erinnert, daß er hier ist, um für Recht und Demokratie zu kämpfen. Die Hälfte von ihnen glaubt schon nicht mehr daran. Sie sprechen von Vietnam ... Was habe ich mit dieser Sache zu tun, Mary? Was wird hier mit mir geschehen? Ich habe Angst, zu begreifen, was wir hier tun, Angst, was ich hier über mich erfahren werde, über uns. Erzähl mir, was man zu Hause sagt, soviel Du kannst. Du fehlst mir oft. Ich liebe Dich.« – »Mittwoch, 23. Januar. Meine Liebe. Diesmal ist es soweit, diesmal ist es ernst. Die Flugzeuge sind gestartet, die

Bomben sind gefallen. Es ist schwer, Worte zu finden. Welche Worte sagt man in so einer Situation? Um was zu sagen? Daß es mir gutgeht? Daß ich tue, was ich zu tun habe? Daß man uns am Tag nach dem 18. Januar gesagt hat, wir hätten den Feind vernichtet, und daß ich es geglaubt habe? Daß ich mich darüber gefreut habe? Aber es ist etwas anderes als Freude, Mary, es ist der Sieg, rein und einfach, ein regelrechtes Feuer in den Eingeweiden, die Erleichterung, der Glaube, daß es vorbei ist, daß sie nicht mehr vor uns stehen, daß wir sie ausradiert haben, daß wir die Stärkeren sind. Wir kehren heim, aus der Spaß, und nicht einen Augenblick an die Toten unter unseren Bomben denken, keine Sekunde ... Erst einen Tag später, mitten in der Nacht. Ich bin davon aufgewacht. Mir ist klargeworden, das war erst der Anfang. Das Schlimmste lag noch vor uns. Das Schlimmste liegt noch vor uns. Da bekam ich Angst. Eine panische Angst. Und Scham. Ich schäme mich, Liebste. Verzeih mir. Vielen Dank für Deine Briefe. Ich denke viel an Dich.« – »Montag, 4. Februar ... Ständige Spannung. Es ist Tag und Nacht in einem drin. Es ist da am Abend, es ist da am Morgen, in den Gesten und Worten, in der Art, wie sich die zwanzigjährigen Jungs in den Sand legen und mir nichts dir nichts einschlafen ... Sie hatten keine Ahnung, was sie erwartete. Es gibt keinen Knopf, um das auszuschalten … Was wird aus ihnen, danach?« – »Freitag, 15. Februar … Man hat sie uns vorgeführt, Hände auf dem Kopf, die Füße blutig, einige haben sich auf die Knie geworfen. Wenn sie uns ansehen, steht der Schrecken in ihren Augen. ›Wir setzen die H-Bombe gegen Fliegen ein‹, hat Bennet gesagt. Er glaubte, er wäre hier, um gegen ein ›blutrünstiges Tyrannenschwein‹ zu kämpfen – wie sein Brigadeführer sagte –, und findet sich erschöpften Soldaten gegenüber, zwanzig Jahre älter als er, die einfach nur leben wollen. Bennet scheint zu merken, woraus die Menschen gemacht sind. Er wundert sich, weiß nicht mehr, was er mit dem Wort Feind anfangen soll. Er fürchtet, er könnte begreifen, daß er töten muß. Wenigstens er.« – »Sonntag, 17. Februar, elf Uhr abends. In einem neuen Lager angekommen. Nach dem Abendessen Spaziergang am Fuß der Dünen, alle Lichter aus. Die Wüste raunte leise. Die Stille war wieder da. Es hatte nie einen Krieg gegeben, die Kinder hatten nicht unter den Bomben aufgeschrien, die Toten waren nicht tot, und wir mußten uns nicht vom Schlimmsten überzeugen. Aber ich mußte daran denken, was wir morgen tun werden … Wenn Du uns manchmal sehen könntest!« – »Donnerstag, 21. Februar. Ich habe es satt, zu hören, wie die

Jungs aus dem Flugzeug steigen, ihre Hemden tropfnaß vom Schweiß, und die Anzahl der Bomben ausrufen, die sie abgeworfen haben, und sich wichtig tun. Ich habe es satt, zu sehen, wie die Rekruten sich alles mögliche erzählen, nur um die Angst zu vertreiben. Ich denke oft an Dich in Deinem Pausenhof, an Deine Kinder; manchmal beneide ich Euch sehr.« – »Montag, 25. Februar. Die Bodenoffensive, seit vierundzwanzig Stunden ... Mit jeder Minute, die verstreicht, schließt sich eine Tür hinter mir. Unmöglich, auch nur einen Schritt aus der Reihe zu treten. Es ist, als würde man einen Wirbelsturm durchqueren und im Auge ankommen, da, wo alles ruhig ist, da ist der Krieg, da bin ich im Krieg, als wäre ich zum Krieg geworden, verstehst Du? Ich sehe uns alle vor mir, Roy, Morrisson, Franklin und die anderen. Nicht mehr dieselben, nie mehr dieselben. Gestern waren sie es noch, und heute schreien sie und jagen die Panzermotoren hoch, die auf der anderen Seite tun dasselbe, die Kanonen werden aufgerichtet wie Schwänze von Doggen, werden geladen, wir fahren aufeinander los, ein paar hundert Meter trennen uns, für einen Augenblick scheint alles innezuhalten, es ist der Augenblick vor dem Krieg, alles verstummt, eine betäubende Stille, die Erde hört auf, sich zu drehen, noch hat nichts stattgefunden, man möchte schreien: ›Das reicht, geht nach Hause!‹ Aber niemand hört es. Sie werden nicht aufgeben, sie werden bis zum Tode kämpfen. Da erinnert man sich an den Jungen, der eines Morgens zur Bande seines Viertels stieß, zehn kleine Ganoven, zu denen er schon lange gehören möchte; er weiß, daß sie ihn wie einen Grünschnabel behandeln und zu ihm sagen werden: ›Geh wieder zu deiner Mutter‹, sie werden ihn schlagen, aber er geht nicht. Samstags sitzt die Mutter beim Friseur, der Vater schaut fern, er möchte um alles in der Welt zu dieser Bande gehören. Sobald er bei ihnen ist, stoßen sie ihn zu Boden, aber das ist ihm egal. Wenn er es aushält, wird er in einer, vielleicht in zwei Wochen dazugehören ... Wir erinnern uns an nichts mehr, Mary. Wir wissen nichts mehr. Wir sind so weit weg. Vergiß mich nicht. Ich liebe Dich. John.« Und später: »Heute nacht in der Wüste habe ich geträumt, daß ich Dich in einem Karussell auf der Kirmes gesehen hätte. Ich spürte Deine Brüste an mir, Deine Beine, Deine Hände, ich war verrückt nach Dir. Ich liebe Dich so. Warte auf mich, ich werde mit Dir nach Paris fahren, und wir werden uns lieben, als gäbe es nichts anderes auf der Welt. Du bist so schön, wenn Du Dich ausziehst, keine Frau ist so schön wie Du, wenn Du schläfst, wenn Du aufstehst, wenn Du liebst ...«

Mary Rosannah Miller erfuhr von der Beendigung der militärischen Operationen am Morgen des 28. Februars in den Acht-Uhr-Nachrichten des Fernsehens; es war Donnerstag, draußen regnete es. Sie stellte ihre Kaffeetasse ins Spülbecken und trat durch die Hintertür ihres Hauses aus rotem Backstein und gestrichenem Holz in Provo, Utah, in den Vereinigten Staaten von Amerika. Nur wenige Meter trennten ihr Haus von dem Bonny Fandalls, das fast identisch war, und Bonny Fandall konnte sie von ihrem Küchenfenster aus kommen sehen; sie hatte die Nachricht auch gehört und kam ihr entgegen.

Die beiden Frauen gingen lächelnd aufeinander zu, der Krieg war zu Ende, den Regen spürten sie nicht. Nachdem sie sich getrennt hatten, stand Mary Miller noch einen Augenblick allein da, John würde bald zurückkommen, sie konnte an nichts anderes mehr denken; sie ging ins Haus zurück, zog die alte Männerweste aus, die John gehörte, schlüpfte in den Regenmantel und machte sich auf den Weg. Es war kein Brief für sie im Kasten, sie dachte wieder an John und beschloß, zu Fuß zur Schule zu gehen.

Auf der Wilson Road mit den Rasen, die jeden Samstag gemäht wurden, schmückten Familien bereits den Stamm der kahlen Bäume auf den

im Regen glänzenden Bürgersteigen mit gelben Siegesbändern; die Fensterläden, die Türen, die Garagentore, die Sträucher, die Briefkästen, die Autos, die Kinderwagen, sogar die Revers der Jacken waren geschmückt. Aber Mary Miller dachte nicht an den Sieg, sie dachte an John; die Zeit der Trennung war zu Ende, mit dem Waffenstillstand nahm auch die Trennung ein Ende; wenn John wieder da war, würden sie verreisen. Manchmal mußte man fortgehen, anderswohin.
Sie war unempfänglich für den wachsenden Lärm Provos und das außergewöhnliche Treiben dieses außergewöhnlichen Tages. Auf der Abbey Road lief sie Mrs. Wookpook und ein paar Meter weiter der Frau des Pastors in die Arme; es war zu spät, ihnen aus dem Weg zu gehen. Ein triumphierendes Lächeln zog ihre gewöhnlich so rechtschaffenen Gesichter in die Breite, und in ihren »darlings« und »dears« klang der Sieg mit. Mary Miller dachte an den Krieg, sie betrachtete die Frauen, die glaubten, ihn gewonnen zu haben, sagte wie sie: »Was für ein schöner Tag«, und erreichte schließlich ihre Schule.
Banner flatterten im Wind, an den Fenstern hingen gelbe Bänder, und ein paar Mütter, die ihr entgegenkamen, ihr Jüngstes auf dem Arm, sagten: »Gott sei Dank, was für eine wunderbare Nach-

richt.« Sie stellte sich vor, wie sie schon am frühen Morgen ihre verschlafenen Kinder aufforderten, dem Herrn für diesen unvergeßlichen und herrlichen Tag zu danken, und sie wünschte sich, daß John in sie eindrang und diese Mütter mitsamt ihren blondgelackten Haaren zum Verschwinden brächte, deren Lächeln keine Spur von Frieden an sich hatte. Die Direktorin erschien auf der Außentreppe, und Mary Miller mußte bei ihrem Anblick wie jedesmal an die schweren Vögel denken, die unfähig waren zu fliegen und am Strand von den Kindern gequält wurden. Da die Mütter trotz der Schulglocke nicht wieder gehen wollten, hielt sie ihre Hände zum Trichter geformt an den Mund und rief, daß diese großartige Nachricht sie trotz allem nicht von der Arbeit abhalten dürfe. »Unsere Soldaten würden denken, wir hätten keine Disziplin«, fügte sie hinzu, und die Mütter empfanden eine plötzliche Rührung für diese Frau, die auch ein Stückchen Sieg für sich beanspruchte. Sie klatschte in die Hände, und der Hof leerte sich.

Den ganzen Tag beschlug derselbe schwache kalte Regen die Fensterscheiben der Schule. Mary Miller dachte an die Wilson Road und an die Bäume am Sandycove Square. Zu Hause schaute sie als erstes im Briefkasten nach, ob John geschrieben hatte, und der Hund Howth stürzte ihr entgegen und zog an der Kette. Sie streifte die alte Weste über und machte es sich mit einer Tasse schwarzem Kaffee auf dem Sofa bequem, um Johns Briefe noch einmal zu lesen, während sie auf den Besuch von Bonny Fandall wartete. Sie schaltete den Fernseher an, um die Neuigkeit noch einmal zu hören, zehnmal, wenn es sein mußte: Der Krieg ist aus, und er wird nach Hause kommen.

Auf dem stummen Klavier standen die Porträts von ihr und John; die Romane, die sie seit seiner Abfahrt nicht mehr zur Hand genommen hatte, stapelten sich auf dem Wohnzimmertisch. Nur im *Ulysses* las sie manchmal, der immer auf derselben Seite aufgeschlagen war, bei dem Monolog von Molly Bloom: »... ja zuerst hab ich ihm ein bißchen von dem Mohnkuchen aus meinem Mund gegeben und es war Schaltjahr wie jetzt ja vor sechzehn Jahren mein Gott nach dem langen Kuß ist mir fast die Luft ausgegangen ja er sagte ich wäre eine Blume des Berges ja das sind wir alle Blumen ein Frauenkörper ja da hat er wirklich mal was Wahres gesagt in seinem Leben ...«

Später am Abend kam Bonny Fandall. Sie tranken eine Flasche Graves, aßen Spaghetti mit Knoblauch, und über den Sieg verloren sie kein Wort; Bonny Fandall sang ein irisches Lied von Exil und Wiederkehr, das sie von ihrer Großmutter kannte, spät in der Nacht trennten sie sich und sprachen von Picknicks, die sie machen würden, wenn die Männer wieder da waren. Mary schlief mit einem Brief von John in der Hand ein, einem Brief, der von der Wüste erzählte, vom roten Sand, von den endlosen Nächten und vom Krieg, der wie ein Messer in die Nacht und den Tag gerammt war, und sie wachte auf, sie wachte jede Nacht auf, seit er weg war, und dachte an die Kinder, die dort wie die Fliegen starben, an die erschossenen Frauen und die unter den Trümmern der Häuser verschütteten Alten, die früher hundert Jahre alt wurden. Sie schlief nicht wieder ein.

*

»235 Jackson Avenue, South Bronx, New York.
Vielen Dank für Ihren Brief, der gestern angekommen ist. Er hat mich überrascht, nach so vielen Monaten ... Was Sie mir mitteilen, wundert mich nicht sehr.
Wie soll ich Ihre Frage beantworten? Ich konnte nicht mehr in diesem Haus und in dieser Stadt bleiben, Sie verstehen bestimmt, warum. Hier habe ich eine gleichwertige Stelle gefunden. Das Viertel gefällt mir; es ist wahrscheinlich der einzige Ort auf der Welt, wo ich mich zu Hause fühle. Ich mag

seine Gelassenheit, die Leute, die hier wohnen, sind mir nah. Ich werde Ihnen ein andermal ausführlicher schreiben. Alles Gute für Ihre ›Wüstenkampagne‹. Mary.«

Es war ein brütendheißer Sonntagnachmittag, die Straßen waren ausgestorben. Nur auf den Holzbänken zwischen den roten Backsteinhäusern saßen ein paar Alte und Frauen mit Kinderwagen, die darauf warteten, daß es Abend wurde. Die Post befand sich ein paar Blocks weiter. Bevor sie den Brief durch den Schlitz gleiten ließ, zögerte Mary Miller. Sie schaute sich um; längs der beschädigten Bürgersteige der Jackson Avenue Richtung Süden zum East River hin gab es fast keine Gebäude mehr und überhaupt keine Wohnhäuser, einige verrostete Wasserbehälter und da und dort Brachflächen voller Abfall, keine Kinder, kein Schrei. Nur ein paar schwarze Jugendliche und alte Frauen, die untätig auf den Außentreppen ihrer Häuser mit geschlossenen Fensterläden saßen, schauten ihr teilnahmslos zu. Mary Miller hielt mit der Hand reglos vor dem Briefkasten inne; sie sah das grelle, senkrechte Licht der Sonne über den Dünen und die schwarzverschleierten Frauen, die schweigend hinter ihr warteten. Ein Kind lachte auf, sie gab sich einen Ruck, warf den Brief ein und machte kehrt.

Sie wohnte in der Nähe ihrer früheren Wohnung, in der 149. Straße Ecke Jackson Avenue. Es war ein T-förmiges Gebäude, umgeben von einer öden umgitterten Grünfläche. Sie legte eine Platte auf und schloß die Fenster des Wohnzimmers. Vor ihr Parkanlagen, weit und breit kein spielendes Kind, und dahinter der ebenfalls leere Bruckner Expressway. Sie blieb einen Augenblick geistesabwesend stehen, als sähe sie hinaus. Sie trug ein rückenfreies schwarzes Trägerkleid und schwere silberne Ohrringe, ihre Haare waren zu einem Knoten gebunden; in der Hand hatte sie eine Zigarette. Musik erfüllte den Raum: *Don Giovanni*, Ende des ersten Aktes. Die Wände waren leer, keine Zeichnung, kein Foto, keine Pflanze.

Mary Miller schaltete den Ventilator an und schenkte sich ein Glas Gin-Fizz auf Eis ein. Die Stimme der Anna schrie: »Per pietà, soccorretemi!« Mary Miller legte sich aufs Sofa und schloß die Augen. Die Stimme war herzzerreißend: »Allora rinforzo i stridi miei, chiamo soccorso.« Sie mußte wieder an das Unwetter denken, das etwa einen Monat nach Kriegsende auf Provo niedergegangen war, an den heftigen Hagelsturm. Am nächsten Tag lagen Hunderte von toten Vögeln am Seeufer, die Blätter der Bäume waren zerfetzt. Der Wind brach noch einmal von neuem los, noch heftiger, riß

Ziegel und Bleche von den Dächern und zerstörte die Blumenrabatten; die Soldaten, eben erst aus dem Krieg zurückgekehrt, blieben manchmal mitten auf der Straße stehen, vor allem die jüngeren, und standen reglos da, mit vorgebeugtem Körper, einen Arm vor das Gesicht gelegt; sie hörten es nicht, wenn man sie rief, vielleicht verwechselten sie die Straßen von Provo mit der Wüste, vielleicht glaubten sie, daß der Sand sich gegen sie erhob, und hörten wieder die Granaten einschlagen. Schließlich richteten sie sich wieder auf und schauten sich um; in diesem Moment mußten sie sich an den Sieg erinnert haben, und sie setzten ihren Weg fort. Tag und Nacht klapperte die Haustür. Klack klack klack. Ein kalter Wind pfiff durch sämtliche Zimmer, und am Morgen waren die Möbel von einer dünnen Staubschicht bedeckt. Der Flughafen blieb mehrere Tage geschlossen, nachdem eine zweimotorige Maschine den Kontrollturm gerammt hatte, und schließlich fuhren auch die Züge nicht mehr. Mary Miller konnte nicht sofort abreisen, sie mußte warten.

Sie nahm den Brief wieder zur Hand, den sie am Vortag aus Frankreich bekommen hatte. »... Auch ich bin mit zwanzig in den Krieg gezogen, die Angst im Bauch, und habe ihn zu meinem Beruf gemacht. Niemand hätte das vorhersagen können. Niemand. Ich war das pure Gegenteil. Der Krieg stieß mich genauso ab wie das Leben, aber man hat mich auf ein Schiff gesetzt; es war das erste Mal, daß ich von zu Hause weg war. Ich verbrachte die Nacht an Deck, ich hatte gerade meine Eltern verlassen, den Hof; an den Krieg dachte ich nicht. An dem Abend schlug mein Herz schneller, irgend etwas hatte begonnen, aber kaum angekommen, schickte man mich auf einen einsamen Berg, und die Angst war wieder da. Ein paar Tage zuvor hatte es dort Tote gegeben, und ich war überhaupt nicht mutig, war es noch nie gewesen. Eine Woche später mußte ich in den Einsatz. Vom zweiten Abend an wurden wir beschossen. Ich lag unter Büschen, halb tot vor Angst. Ich dachte, ich müßte dran glauben. Ich rührte mich nicht mehr; ein Algerier der Kompanie wandte sich zu mir um und sagte: ›Ist das alles, was dich am Leben hält?‹ Ich begriff nicht sofort, ich glaubte, er wollte mich beschimpfen, aber er fing an zu lachen. ›Weißt du, wie man einen Lebenden von einem Halbtoten unterscheiden kann?‹ fragte er mich. ›Beide haben Angst. Aber der Halbtote vertraut nur auf die Angst, er glaubt mehr an sie als an das Leben.‹ Ich blickte ihm in die Augen. Dann senkte ich den Blick. Etwas geriet ins Wanken. Hätte ich die Hand eines

Mädchens gehalten, hätte ich wahrscheinlich gewußt, was Liebe ist. Aber ich lag im Dreck, ein Gewehr in der Hand, ich befand mich im Krieg. Schließlich habe ich mich im Krieg zu Hause gefühlt, denn dort fing ich an zu leben; es hätte auch anderswo passieren können, dann wäre ich kein Berufssoldat geworden. Der Tod hörte auf, mich zu quälen. Ich entdeckte, daß ich einen Körper hatte, ein Leben, einen Namen. Im Krieg bin ich auch zum ersten Mal einer Frau nähergekommen. Es war nur eine kurze Geschichte, aber das war mir egal. Sie hieß Françoise. Ich kann mich noch gut an sie erinnern. Mit ihr verschwand eine andere Angst. Ich zog in den Krieg, wie andere ins Leben treten, für mich war das eins; ich wurde unfähig, anders zu leben. Ich habe geheiratet, damit jemand zu Hause auf mich wartete, wenn der Einsatzbefehl kam. Aber ich lebte nur für den Aufbruch. Mit der Zeit habe ich die Kämpfe geliebt, wie sich der Körper spannt, wie die Kehle austrocknet, wie man sich plötzlich ans Leben klammert, es ist wie Liebe, eine heftige Liebe, die alles übertrifft. Ich habe schließlich sogar die Schüsse geliebt, die Raketen, den zitternden Körper, die Luft, die zerbirst, diese Gewalt, die Verbissenheit waren das Leben selbst. Ich liebte die Falle, in der wir steckten, ich liebte die Angst, die

Müdigkeit der endlosen Nächte ohne Schlaf und den erschöpften und traumlosen Schlaf.
Ich glaubte, daß wir wirklich lebten, die Ursachen des Krieges ließen mich kalt. Es zählte nur das Gewicht der Waffe in meinen Händen, auf meiner Schulter, ihr Klappern war wie Wörter, die töten können. Den ersten Befehl, wieder loszuziehen, befolgte ich bereitwillig. Ich mochte das Gefühl, weit weg von allem zu sein, alle Verbindungen abgebrochen, allein zu sein, in der Umkehrung dessen, was normalerweise das Leben ausmachte. Ich kam nie auf die Idee, daß diese Momente nur Abgründe sein könnten. Ich hätte sterben können, andere sind an meiner Stelle gestorben; manchmal mußte ich erbrechen, wenn ich auf den Schuttfeldern stand und die Toten sah, aber weder die ausgerissenen Glieder noch die Geschlechtsteile, die man ihnen in die Münder gestopft hatte, konnten mich erweichen. Jeder Tote erhöhte den Einsatz. Es ist abscheulich, wenn man Krieg führt, ohne ihn zu lieben. Darum sehen die Gesichter mancher Soldaten schließlich so leer aus. Sie haben schon zuviel erlebt. Und doch machen sie weiter. Ein Toter nach dem anderen, sie können nichts anderes mehr. Für sie ist der Krieg das Grab. Wie für die schreienden Kinder. Sie haben mir die Scham beigebracht. Die Gewalt interessierte mich nicht.

Aber ich konnte nichts anderes. Ich wollte kein normales Leben führen. Ich war sicher, daß ich scheitern würde. Dieser Krieg war eine Niederlage; das ist einer der Gründe, warum ich weitergemacht habe. Der Ausgang spielte für mich keine Rolle mehr...«

Mary Miller legte den Brief weg. Die Musik war verstummt. Sie dachte wieder an die Piste durch die Wüste und an das Schweigen des französischen Hauptmanns, der neben ihr am Steuer gesessen hatte; sie dachte an das Hotel und schloß die Augen.

*

Wenige Tage nach Kriegsende stand sie im Klassenzimmer und wischte die Tafel, die Kinder waren eben gegangen, als die Direktorin hereinkam. Mary Miller verstand nicht sofort, warum sie auf der Schwelle stehengeblieben war, und ging auf sie zu, doch Cornelia Grossman hielt sie mit einer Handbewegung auf und sagte, ohne sie anzusehen: »Oberst Stark erwartet Sie in meinem Büro.« Sie fügte noch hinzu: »Es tut mir leid.«
In diesem Augenblick mußte Mary Miller daran denken, daß sie am nächsten Tag zweiunddreißig

wurde; sie sagte es laut, ohne zu wissen, warum, und die Direktorin wußte nicht, was sie darauf antworten sollte.
Sie gingen schweigend über den Pausenhof. Die Schreie der spielenden Kinder erinnerten Mary Miller an die Videofilme, die die in den Flugzeugen installierten Kameras während der Bombardements aufgenommen hatten. Man sah das unversehrte Ziel, den Flug der Rakete, und dann die Zerstörung des anvisierten Gebäudes. Es war kein Ton zu hören. Trotzdem hatte sie immer Schreie damit in Verbindung gebracht.

Benjamin T. Stark, Kommandant der Militärbasis, schlug zur Begrüßung die Absätze aneinander, ohne ihr die Hand zu geben, und Mary Miller stand steif ein paar Schritte vor ihm und wartete auf die drei, vier Wörter, die den Knoten in ihr lösen würden. Er neigte sich leicht vor und sagte als erstes: »Es tut mir leid.« Aber sie wollte hören, was dann kam; sie wollte, daß das, was zerstört werden mußte, sofort zerstört wurde. Er fuhr fort: »John Miller ist vermißt gemeldet.« Das war nicht der Satz, den sie erwartet hatte. Sie fragte, was das zu bedeuten habe, vermißt. Er antwortete:
»Wir haben keine Nachricht von ihm.«
»Seit wann?«

»Seit einer Woche.«
»Aber da war der Krieg doch schon zu Ende!«
»Es muß am letzten Kriegstag passiert sein. Er ist nicht von seinem Auftrag zurückgekehrt.«
»War er allein?«
»Ja.«
Mary Miller wollte wissen, wo John an jenem Tag gewesen war, was für einen Auftrag er gehabt hatte, wozu er weggefahren war, für wie lange, wohin, mit welcher Ausrüstung. Benjamin Stark unterbrach sie nicht, die Augen ausdruckslos auf sie gerichtet, abwesend, als wäre er bereits weit weg; er hatte getan, wozu er hergekommen war. Er antwortete:
»Ihre Fragen betreffen ein Gebiet, das im Augenblick noch der Geheimhaltung unterliegt.«
Mary Miller stellte dieselben Fragen noch einmal. Der Kommandant sagte, man habe versucht, John Miller zu finden, und damit sie endlich schwieg, fügte er hinzu, wenn die Suche nach angemessener Zeit ergebnislos bliebe, würde sie vom Staat als Kriegswitwe betrachtet.
»Seien Sie versichert, daß die Armee alles in ihrer Macht Liegende tun wird, um Ihnen beizustehen. Ich verbürge mich dafür«, sagte er und sah ihr dabei in die Augen. Ohne eine Antwort abzuwarten, übergab er ihr eine Liste von Organisationen.

»Sie alle können Ihnen in diesen schweren Stunden eine Hilfe sein«, sagte er und wandte sich an Cornelia Grossman, um sich zu bedanken. Die Unterredung war beendet.

Ohne einen Blick darauf zu werfen, steckte Mary Miller das Blatt in die Tasche, auf dem die Adressen und Telefonnummern von der Vereinigung der Vietnamwitwen standen, vom Verein der Frauen von Vermißten, von Psychologen, die für die Armee arbeiteten. Benjamin Stark verabschiedete sich von ihr, nicht ohne sie zu bitten, »die schreckliche Tapferkeit zu haben, die darin besteht, nicht zu warten«, und mit einer trägen Gleichgültigkeit im Gesicht sagte er noch: »Ich weiß, daß Sie tapfer sind.«

Als er gegangen war, sagte Cornelia Grossman zu Mary, ihr Mann werde bestimmt gefunden, sie dürfe die Hoffnung nicht aufgeben, er sei bestimmt nur in Gefangenschaft geraten, und sollte das Schlimmste eintreffen, was Gott verhüten möge – sie bekreuzigte sich und beendete den Satz nicht, sondern sagte, daß in weniger als einer Woche die Ferien begännen, daß die Kinder bis dahin ohne sie zurechtkommen könnten und daß sie sie anrufen würde, um sich nach ihr zu erkundigen. Sie fügte hinzu: »Gott läßt seine Kinder nicht im Stich«, und ließ sie nach Hause gehen.

Die Porträts von John und Mary Miller blieben noch ein paar Monate auf dem Klavier stehen, auf dem Mary die Mozart-Sonaten nicht mehr spielte, weil sie in ihren Händen ein eigenartiges Gefühl der Niederlage zurückließen, und auf dem Wohnzimmertisch lagen die Romane, die sie früher abends gelesen hatte, *Ulysses*, immer noch auf derselben Stelle aufgeschlagen, Molly Blooms Monolog: » … ja er sagte ich wäre eine Blume des Berges ja das sind wir alle Blumen ein Frauenkörper ja da hat er wirklich mal was Wahres gesagt in seinem Leben …«

An dem Tag war Mary Miller lange auf dem ausgeblichenen Sofa liegengeblieben. Sie trug Johns Weste. Der Hund Howth lag neben dem Tisch und schien zu schlafen. Sie schaute ihn hin und wieder an, sie wußte, was sie erwartete; was sie erwartete, war bereits da. Sie hatte den Telefonhörer aufgenommen und auf den Tisch gelegt, damit es nicht klingelte. Sie wartete, bis in Bonny Fandalls Haus das Licht anging. Noch drei oder vier Stunden. Sie wußte, daß sie sich nicht rühren durfte. Wenn sie sich bewegte, würde sie das Spiel verlieren. Sie hatte das schon einmal erlebt, vor langer Zeit, aber diesmal war das Risiko zu groß, sie mußte verhindern, daß der Schmerz dahin gelangen konnte, wo er unheilbar wurde. Sie hatte die Augen geschlossen, John stand vor ihr und betrachtete sie; da fing sie an zu weinen, und der Hund jaulte ein wenig. Kurz darauf schlief sie ein. Der Gedanke an John half ihr dabei.

Als Mary drei Stunden später aufwachte, brannte im Haus von Bonny Fandall Licht; sie stand auf und trat durch die Hintertür hinaus, Bonny verstand sofort, was geschehen war, als sie ihr aufmachte; sie wußte es bereits. Roy Fandall hatte sie am Tag, als der Krieg zu Ende war, von dem Camp aus angerufen und es ihr gesagt, den ganzen Tag hatte er auf die Rückkehr John Millers gewartet, aber John war nicht zurückgekehrt. Darum war Bonny Fandall so lange mit Mary Miller aufgeblieben und hatte nichts davon gesagt, am Abend, als der Krieg zu Ende war. Es war der Versuch gewesen, dem Schmerz bereits etwas entgegenzusetzen.
Sie traten in die Küche. Bonny Fandall nahm eine Flasche irischen Black Bush, begann, sehr süße arme Ritter zuzubereiten, und bat sie, Wort für Wort zu wiederholen, was Benjamin T. Stark gesagt hatte, aber Mary verstummte nach ein paar Sätzen. Die Angst stand ihr im Gesicht geschrieben, die Schultern zitterten, als würde sie zu weinen beginnen, aber sie weinte nicht; sie war aufgestanden, und Bonny Fandall glaubte, sie wollte gehen.

Draußen gingen langsam die Lichter in den Häusern aus, bald brannten nur noch ein paar Straßenlaternen auf den leeren Bürgersteigen und den Kieswegen; Bonny Fandall hielt Mary in den Armen, als wollte sie sie wiegen, aber sie wußte, daß sie nicht viel tun konnte, sie konnte ihr nur die ganze Zärtlichkeit geben, zu der sie fähig war, wissend, daß es nicht genug war.

Spät in der Nacht begleitete sie Mary nach Hause; sie machte überall, auch im Schlafzimmer, die Lampen an und ging wieder, Mary wollte alleine sein. Sie wußten nicht, daß Ali ben Fakr im selben Augenblick den leblosen Körper eines jungen Soldaten fand und keuchend stehenblieb. Der Krieg war zu Ende; er wollte nichts mehr davon hören.

Mary wachte am nächsten Tag nach Einbruch der Dunkelheit auf; für ein paar Sekunden hatte sie alles vergessen.

Nach den Schulferien nahm Mary den Unterricht wieder auf. Die Kinder hatten für ihre Rückkehr ein Bild gemalt und eine Rede vorbereitet, und am Nachmittag ging sie mit ihnen in den Zoo. Das Wetter war schön; die Kinder warfen den Eisbären Erdnüsse zu, und Marjorie Ford kam und fragte, ob sie traurig sei. Mary antwortete, daß sie sich vor allem um den Hund Sorgen mache, da er den ganzen Tag alleine sei, und Marjorie Ford ging wieder davon und dachte an den Hund, dann kam sie noch mal und sagte, sie hätte auch gerne einen Hund.

Zwei oder drei Wochen später hatte das County ein Fest zur Rückkehr der Hundertzwölften organisiert, der Kompanie, zu der John Miller gehörte. Es war ein großer Anlaß: eine Parade durch die Alleen mit Orchester, Majoretten und Bändern überall, danach ein Empfang auf dem frisch gemähten Rasen vor dem Rathaus. Mit Ausnahme von John Miller waren alle Männer der Hundertzwölften zurückgekehrt. Ein Emissär des Generalstabs hatte sie am Vortag ausgezeichnet. Mary Miller war dazu nicht eingeladen gewesen; John Miller war bis jetzt nur ein Vermißter.
Sie stand auf der Tribüne, die den Angehörigen vorbehalten war, und verfolgte neben Bonny Fandall den Aufmarsch der Schulen. Der Gouverneur ergriff das Wort. »Ja, Amerika hat triumphiert«, rief er und schlug mit den Handflächen auf das Rednerpult. »Eine neue Ordnung wird sich in der ganzen Welt durchsetzen, Gerechtigkeit und Freiheit werden uneingeschränkt herrschen … Dank gebührt denen, die für diese edle Aufgabe gestorben sind, Ehre und Mut waren ihre Tugenden und

ihre Größe. Sie haben ihr Leben gegeben, damit endlich Friede herrscht auf der ganzen Welt. Die künftigen Generationen werden sich erinnern und ihr Andenken feiern. Wir werden sie nie vergessen.« Die Nationalhymne ertönte, und die bewegte Menge fiel ein. Dann ehrte die Trompetenfanfare von Salt Lake City düster und kalt die toten Männer, aber Mary hörte nicht zu. Sie dachte an John. Roy Fandall hatte sie einander drei Jahre zuvor vorgestellt. Am übernächsten Tag lud John Miller sie in ein kleines texanisches Restaurant am Stadtrand zum Essen ein. Kaum hatten sie sich gesetzt, begann er, von der Garage seines Vaters in Brooklyn zu sprechen, von der Arbeit seiner Mutter im Sozialdienst des Rathauses, von seiner nach Israel emigrierten Familie und von seinen ersten Monaten an der Universität. Mary hörte zu. »Wirtschaftsanwalt, es war die Idee meines Vaters. Ich hab es probiert, weil mir nichts Besseres einfiel. Damals bekniete mich Roy ständig, ich solle auch zur Armee, aber das kam für mich nicht in Frage, man hätte mir viel bieten müssen. Dann machte ich in einer großen Kanzlei in Manhattan ein Praktikum. Da beschloß ich abzubrechen und suchte ein paar Tage später einen Wehrdienstberater von Roys Basis auf. Er erklärte mir, was für einen Job ich da machen könnte. Über meine Vorbehalte lachte er nur, eigentlich war er sympathisch. Nach drei Monaten bin ich nochmals hingegangen, ich wußte immer noch nicht, warum; das war vor zwei Jahren.« Dann sagte er: »Sie sind natürlich Pazifistin.« Sie sagte nichts dazu. Dann sprach sie von ihrem Vater, der Pastor einer protestantischen Kirche in der Bronx war, von der Armut des Viertels, der Gewalt und ihrem Engagement später in einer mehr oder weniger revolutionären Bewegung, die sie ein paar Jahre später verließ. In diesem Augenblick dachte John Miller, daß sie sich nicht für ihn interessierte. Aber als er sie am nächsten Tag wieder anrief und sie um ein Wiedersehen bat, war sie einverstanden. Sie gingen in eine Bar am Rand des Uinta National Forest, und er erzählte ihr jüdische Geschichten, die er von seinem Vater gehört hatte und der wiederum von seinem Vater, von den zerbeulten Autowracks im Garagenhof und vom verrosteten Eingangstor, den Satz, den sein Vater ihm bei jedem Geburtstag auf jiddisch wiederholte: »Er ist gerecht und hilft, er ist demütig und reitet auf einem Esel.« Und den Lieblingssatz seiner Mutter: »Mir ist lieber, du züchtest Esel, als daß du vor Leuten kniest, die nichts von dir wissen.«

Als er sie an jenem Abend nach Hause begleitete, hielt John Miller Mary Hart lange in seinen Armen.

Dann waren sie hineingegangen und hatten miteinander geschlafen, wortlos. Er war der erste weiße Mann, mit dem sie schlief. Sie war die erste schwarze Frau, mit der er schlief.
Einen Monat vor Ausbruch des Krieges hatte er sein Entlassungsgesuch abgeschickt, doch am Tag darauf war der Mobilisierungsbescheid gekommen, keine vierzehn Tage vor dem Abfahrtstermin. Sein letzter Brief hatte Mary zwei Tage vor Kriegsende erreicht, ein paar Zeilen, die vom Tod sprachen, der um ihn herum am Werk war, vom »Leben, das die Männer durch ihr Schreien manchmal bis auf die Erinnerung auslöschen wollen«, von »ihren Händen, die gestern noch liebkosten und heute zerstören und töten«, und von ihren »Gesichtszügen, die im Krieg unkenntlich werden und das Wort Frieden Lügen strafen«.

Der Kinderchor von Saint James sang »Gott in der Höhe sei Ruhm und Ehre«, und dann wurde das Vaterunser gebetet, »Vergib uns unsere Sünden und führe uns nicht in Versuchung«, und Mary Miller hatte angefangen zu weinen. Sie erstarrte, denn vor ihr hatten ein paar Männer in Uniform das Knie auf den Boden gesetzt; daß diese Männer vor Gott knieten und ihn anflehten, sie vor der Versuchung zum Mord zu bewahren, den sie eben begangen hatten, machte ihr die Abwesenheit John Millers unerträglich. Sie wollte seine Worte, sie wollte seine Stimme hören, sie wollte seinen Schmerz lindern und ihm sagen, es ist vorbei. Sie wollte mit ihm zusammen vor den Feierlichkeiten und dem Sieg flüchten, die Bußfertigkeit der knienden siegreichen Soldaten vergessen, sie wollte ihn berühren und einen Splitter nach dem anderen entfernen, die Kerben glätten, die der Tod und der Krieg in ihn gegraben hatten, die Schreie der bewaffneten Männer auslöschen, ihm den Schlaf wiedergeben, den Scham und Angst verscheucht hatten. Sie wollte ihm sagen, daß sie ihn liebte, es ihm noch einmal sagen, ihn lachen hören, die Angst besiegen, auch seine.

Der Pastor las eine Stelle zur Auferstehung. Er achtete darauf, daß das Wort »Friede« seine kurze Predigt beschloß, in der er daran gemahnte, daß sie, Staub zu Anbeginn der Tage, wieder zu Staub würden. Das Wort rief bei einigen die Wüste wach, in der sie noch vor kurzem gewesen waren, aber sie verdrängten das Bild rasch aus ihrem Kopf. Der offizielle Teil war zu Ende.
Die gebratenen Spieße verströmten auf dem Rasen einen Geruch von Sommerabend und Kirmes. Mary Miller spürte die selbstgerechte Atmosphäre

um sich herum, eine Feier der Sieger, sie sah die Zufriedenheit auf den Gesichtern der Angehörigen, die um die Soldaten herumstanden, die Kinder, die um die Tische herumliefen, und die Männer, die über den Weltfrieden und die letzte Ernte sprachen. Sie hatte die Augen geschlossen. Ihr Körper sank zusammen. Ihre Knie wurden weich, der Schmerz war wieder da. Das Bild des Mannes, der vor ihren Augen umgebracht worden war, als sie acht Jahre alt war, kehrte in ihr Gedächtnis zurück. Ein junger Zuhälter hatte ihn mit einem Messerstich in den Rücken getötet und war zu Fuß geflüchtet; die Frauen um ihn herum hatten zu Boden geblickt, sie hatte gehört, wie er Nigger sagte, und niemand hatte reagiert. Sie hatten sich abgewandt. Sie hatten nichts gesagt. Zum ersten Mal war so etwas geschehen, es war in der Bronx, zwei Straßen weiter. Sie wußte nicht mehr, wer sie war. Darum hatte sie später auf der Straße die Faust erhoben und »black is beautiful« geschrien. Und darum hatte sie so gut verstanden, warum die uniformierten Obersten den Soldaten gesagt hatten, sie sollten die vietnamesischen Frauen vergewaltigen, und darum hatte sie immer nur die Entwurzelung gespürt in ihrem Leben und geglaubt, daß für sie kein Platz wäre, nicht wie für die anderen; das hatte sie nach Provo geführt, um zu vergessen,

in eine Stadt, wo jeder entweder Mormone, Ausländer oder Schwarzer war. Aber dann hatte sie John Miller kennengelernt, der jüdisch war wie sie schwarz. Er hatte ihr gesagt, sie sei schön und er wolle nicht mehr ohne sie leben, und sie hatte es geglaubt, zum ersten Mal hatte sie diese Worte geglaubt, und John Miller hatte die Entwurzelung beendet, durch ihn hatte sie sich überall, wo sie war, zu Hause gefühlt. Dann kam der Krieg und das, was sie Frieden nannten, und er war nicht zurückgekehrt. Die Männer um sie herum lachten, nachdem sie sich einen Augenblick vor Gottes Angesicht verneigt hatten, denn die, die sie in der Wüste getötet hatten, zählten nicht.
Die Entwurzelung war wieder da, eine Entwurzelung für immer; sie hatte nichts gemein mit diesen breit strahlenden Gesichtern der Männer, denen der Tod gleichgültig war; sie gehörte nicht dazu. Sie wollte fortgehen, sie wollte bei John Miller sein, wo auch immer das war, selbst wenn er tot war, denn wo sollte sie sonst hin?
Bonny Fandall rief ihr etwas zu, sie drehte sich um. »Komm, bleib bei uns.« Mary ging zu ihr. Johns Kameraden waren da in ihren Paradeuniformen. Sie umarmten sie und erzählten ihr von Johns Mut, Johns Aufrichtigkeit, Johns Fröhlichkeit. Offenbar glaubten sie nicht mehr an seine Rückkehr. Sie

kannte die meisten von ihnen, sie waren glücklich, wieder da zu sein, unversehrt.
Dann nahm Roy Fandall sie beiseite, sie gingen an einen der Tische, und endlich konnte sie etwas über John hören. Roy sagte ihr, er habe ihn zum letzten Mal an dem Tag gesehen, als die Bodenoffensive begonnen hatte. Er hatte einen bestimmten Auftrag gehabt, das war Routine; darum waren sie nicht besonders beunruhigt, als er nicht wiederkam. Aber der Krieg ging zu Ende, ohne daß er zurückgekehrt war. Roy Fandall hatte herausgefunden, daß wenige Stunden vor dem Waffenstillstand ein letzter Kontakt mit ihm hergestellt worden war. Und dann nichts mehr. In dem Gebiet, in das er gefahren war, hatte es einen Sandsturm gegeben; vielleicht hatte er sich verirrt. Oder es war ihm etwas zugestoßen. Niemand wußte es.
Mary sagte plötzlich, sie wolle dorthin fahren, und bat ihn, ihr dabei zu helfen. Er versprach es.
Die Tische um sie herum begannen sich zu füllen, Mary wollte gehen; Roy Fandall sagte noch, daß er ihr etwas geben müsse, aber nicht hier. Sie solle am nächsten Tag zum Abendessen kommen.

*

Das Glas Gin-Fizz in Marys Hand ist leer. Sie steht auf und öffnet die Fenster des Wohnzimmers. Augenblicklich tritt die brütende Hitze New Yorks ins Zimmer, und sie muß an die feuchte, hitzegesättigte Luft denken, an die Nächte auf den Kiesebenen entlang der Grenze, an die Nacht am verlassenen, von den brennenden Ölquellen geschwärzten Strand von K. und an die schlaflosen Nächte im Hotel, kalt und schwer wie Winternächte. Sie war erschlagen gewesen vor Müdigkeit, gequält von einer Einsamkeit, die so groß und unentrinnbar war, daß ihr heiß wurde vor Scham. Sie denkt an John, an die Steine, die auf dem Sand lagen, an den staubigen und rauhen Wind aus der Wüste, und sie beschließt, hinauszugehen.

Sie nimmt die U-Bahn nach Brooklyn; Sonntag nachmittag sind sie immer zu Hause. Am Ausgang der U-Bahn kauft sie Blumen und Kuchen.

Sie öffnet die Tür, streckt die Arme aus und sagt: »Komm herein, mein Kleines.« Sie begrüßt sie stets mit demselben Satz. Sie bedankt sich für die Blumen und den Kuchen und fügt hinzu, das sei nicht nötig gewesen.

Sie sehen einander an, prüfen mit einem kurzen Blick die Zeichen von Müdigkeit und Einsamkeit auf ihren Gesichtern, und Lea sagt: »Gut, daß du gekommen bist.« Sie ruft Samuel durch das Fenster herein. Mary lehnt sich auch hinaus und sieht, daß er unter der Haube eines langen weißen, vom Rost und der Zeit angegriffenen Bentley arbeitet. Er winkt ihr zu, und sie fragt sich wie jedesmal, ob es eine gute Idee war, herzukommen. Nachdem er sich umgezogen hat, betritt er das Zimmer. Er küßt und betrachtet sie und sagt: »Ich habe am Freitag für dich gebetet.« Sie weiß nicht, was sie antworten soll; seit sie in die Bronx zurückgekehrt ist, achten sie darauf, nichts zu sagen, was an die Vergangenheit erinnern könnte.

Sie fragt trotzdem: »Du hast für mich gebetet?«

»Ja, meine Tochter.«

»Hast du den Himmel gebeten, meinen Fernseher zu reparieren?«

Er lächelt und zündet seine Pfeife an; Lea bringt einen Teller für den Kuchen.

»Was hast du gesagt?«

»Samuel hat mir erzählt, daß er Freitag für mich gebetet hat, aber er will mir nicht sagen, worum.«

Lea senkt den Blick.

»Ist es so schlimm?« fragt Mary.

»Nicht so schlimm, meine Tochter«, antwortet Samuel Miller, »nicht so schlimm. Ich hab nur um ein bißchen Hilfe gebeten.«

»Für mich?«

»Nein, für mich.«

»Aber du hast doch für mich gebetet?«

»Ja.«

»Weißt du immer noch nicht, daß es nichts nützt?«

»Vielleicht nützt es ja doch.«

Er wendet ihr den Kopf zu, seine Augen lächeln.

»Stell dir einfach vor, daß es nützt.«

Der Satz bringt Mary plötzlich fast zum Weinen. Sie steht auf. »Wie wär's, wenn wir ein Stück Kuchen essen, während wir auf das Wunder warten?«

»Ich erwarte eigentlich keine Wunder. Hat dir dein Vater nicht gesagt, daß man um so was nicht bittet?«

»Ich muß es vergessen haben.«

»Ich habe nicht um Vergessen gebeten; dein Vater muß dir auch gesagt haben, daß es das genausowenig gibt wie Margeriten in der Wüste.«

Sie überhört das letzte Wort und fragt noch einmal: »Und du willst mir wirklich nicht sagen, worum du gebetet hast?«

»Und wenn es nicht eintrifft?«

Lea Miller stellt eine dampfende Teekanne auf den Tisch und fordert sie auf, sich zu setzen. Sie reicht Mary ein Stück Kuchen. Sie schweigen. Mary bemerkt, daß sie Johns Bild von der Intarsienkommode genommen haben, aber sie sagt nichts dazu. Lea und Samuel Miller schauen einander an; Lea räuspert sich und nimmt einen Schluck Tee.

Dann eröffnet sie Mary, daß sie wegziehen, daß sie einen Käufer für die Werkstatt gefunden haben, daß sie sie besuchen könne, wann immer sie wolle; Samuels Neffe werde sich um die Flugtickets kümmern. Dann sagt sie, daß sie ihretwegen gezögert hätten, aber sie seien zu alt, sie müßten hier weg. Nach einem kurzen Schweigen fügt sie hinzu: »Sei uns nicht böse.«
Mary antwortet nicht. Sie stellt sich kurz ihre Abwesenheit vor und denkt an die Toten, sie sagt: »Ich werde einen Feuerwehrmann aus Oklahoma City heiraten, oder ich werde Profiradfahrerin.«
Samuel sieht sie an, er lächelt nicht. Er sagt: »Wir dachten, wir könnten dir den Wagen überlassen.«
Sie nickt. Lea fügt hinzu, daß sie Ende des kommenden Monats umziehen werden. Mary antwortet nur: »Ihr habt ganz recht, hier wegzugehen« und nimmt ein Stück Kuchen.

Am Abend gehen sie zusammen im East River Park spazieren, und Lea schenkt Mary eine weiße Strickjacke, in der sie wie eine Schneeflocke aussieht.
»Du bist schön«, sagt Samuel.
Da sie nichts sagt, fährt er fort: »Mein Sohn hat mir eines Tages gesagt, daß er dich kennengelernt hat. Er stotterte derart, daß ich vergaß, ihn zu fragen,

ob du Jüdin seist, und natürlich kam ich nicht auf die Idee, mich nach deiner Hautfarbe zu erkundigen. Er sagte bloß: ›Ich habe Mary Hart kennengelernt‹, als hätte ich wissen müssen, von wem er sprach. Da sagte ich: ›Ach ja, die Frau, über die wir soviel in der Zeitung gelesen haben‹. Er antwortete: ›Ja, genau die Frau‹. Sein Ernst beeindruckte mich; ich sagte mir, die wird er heiraten. Du bist zu viel alleine, Mary.«

»Laß sie«, sagt Lea. »Was würdest du denn an ihrer Stelle tun?«

Er will antworten: »Ich wäre Soldat geworden«, aber statt dessen sagt er: »Ich würde Regenschirme verkaufen.«

Lea zuckt die Schultern.

»Und du?« fragt Samuel.

»Ich hätte wahrscheinlich gewartet.«

»Bis du alt gewesen wärst?«

»Nein. Eigentlich weiß ich es nicht, es ist albern, laß sie zufrieden.«

Samuel Miller legt Mary den Arm um die Schulter und sagt ihr, daß er sie gern habe. Der Himmel um sie herum ist weiß, als wollte es schneien, aber es ist nur der Dunst der Großstadt.

Zu Hause schenkte sich Mary Miller wieder ein Glas Gin-Fizz ein und legte noch einmal dieselbe

Platte auf. Sie dachte an Leas Bemerkung über das Warten, dann nahm sie den Brief des französischen Hauptmanns und las ihn noch einmal. »... Es gibt verschiedene Arten, den Krieg zu verlieren: Man kann getötet werden, als Invalide zurückkehren oder eines Tages aufhören, ihn zu lieben. Vielleicht sieht man ihn dann so, wie er schon immer war. John Miller hatte den Krieg so gesehen, wie er war, er litt darunter, daß er daran beteiligt war. Ich habe ihn nicht sofort verstanden. Für mich war es ein Krieg wie jeder andere. Erst danach habe ich angefangen, ihn anders zu sehen, und damit vielleicht auch die vorangegangenen.«

Draußen regnete es. Mary Miller wählte eine Nummer, das Telefon klingelte ins Leere. Anna schrie: »Don Ottavio, son morta!« Sie sank aufs Sofa, legte die Hand auf den Bauch und blieb so liegen, bis der Tag anbrach.

Gegen sechs Uhr morgens warf sie die weiße Jacke über die Schultern und ging hinaus. Im Laden des alten Griechen brannte bereits Licht. Als er Mary vorbeigehen sah, trat er auf die Schwelle und lud sie zu einem Kaffee ein.

Während sie Kaffee tranken, erzählte ihr der alte Mann, daß er einst von der Brücke des Frachters *Felicitad* aus gesehen habe, wie sich Liberty Island im Nebel abzeichnete. »Das war 1928«, sagte er, »und niemand konnte sich damals vorstellen, daß es Sie eines Tages geben würde.« Da dachte Mary an die kurzgemähten Rasen in der Wilson Road, an die Bäume am Sandycove Square und an Cornelia Grossman, wie sie, die Hand auf dem Türgriff des Klassenzimmers, sagte: »Es tut mir leid.« Sie sah den alten Griechen an, lächelte ihm zu und verließ das Geschäft.

Die Besiegten (III)

Das ist keiner dieser Träume, in denen eine Frau mit gespreizten Beinen unter einem liegt, wie Abou Salem sie ihm manchmal am Morgen erzählt, auch keiner dieser Alpträume vom unendlichen Fallen, wie er sie früher hatte; diesen Traum hatte der Krieg hervorgebracht.

Er liegt im Schatten eines Panzers, die Sonne scheint senkrecht auf den Sand, er döst. Er hört ein Geräusch und dreht sich um. Er steht auf, seine Kameraden sind nicht mehr da, Munition liegt im Sand. Er geht um den Panzer herum, von dort kam das Geräusch, da sieht er sie, ein paar Schritte vor sich; sie stehen da und lächeln, sie trägt einen Reiseschleier, dessen Silberfäden in der Sonne glitzern, er ein abgenutztes Keffieh. Er trägt einen Korb und einen Beutel.

Er zögert, auf sie zuzugehen, er kann es kaum glauben, daß sie da sind, sie hätten das ganze Land durchqueren müssen, doch schon kommt er mit ausgebreiteten Armen auf ihn zu, ohne ihn aus den Augen zu lassen, und seine Arme schließen sich um ihn; sogleich erkennt er den Geruch wieder, die rauhe Berührung des Bartes. Er kommt ihm etwas eingefallen vor, vielleicht auch mager, aber er sagt nichts; er stellt keine Fragen.

Endlich hört er seine Stimme; sie hebt vorsichtig an, wie ein Murmeln oder ein Gebet, er kann kaum verstehen, was er sagt, dann klärt sie sich, wird lauter, und aus seinem Mund kommt ein Sturzbach von Wörtern, die von Gott handeln, von den zerronnenen Monaten und vom Schicksal, vom Krieg, der über sie gekommen ist, von seinem Ausgang, der manchmal wie ein Unglück wirkt, und von der Kraft, die die Männer brauchen, um nicht zusammenzubrechen; er spricht auch über die Tage vor seinem Aufbruch, wie leer das Haus ohne den Sohn ist, die Unruhe, die sie manchmal die ganze Nacht wachhält, und von seiner baldigen Rückkehr; er erzählt ihm von den Musikern, die er an dem Tag bestellen wird, und nennt ihre Namen, er beschreibt die Tiere, die er für die Gäste schlachten wird, zählt die Gebete auf, die er an Gott richten wird, um seine Rückkehr zu feiern, und sagt, dieses Fest werde das schönste, das er je gegeben habe.

Sie schaut ihn die ganze Zeit schweigend an, dann löst er sich sanft von ihm und geht zu ihr. Ihre Haare sind grau geworden, aber er sagt, daß sie noch schöner sei als in seiner Erinnerung, damit sie lächelt und »das ist nicht wahr« sagt; er legt seinen Kopf an ihren Hals, damit sie ihre Hand darauf legt. Er riecht ihre Haut, die zerfurcht ist wie eine überreife Feige; er findet sie noch zarter und sagt es ihr, ohne den Kopf zu heben. Ihre Brust senkt sich, er weiß, daß sie weint. Er sagt: »Gott sei gelobt, daß du da bist«, und nimmt sie in die Arme. Sie wiederholt seinen Namen, als könnte sie nichts anderes mehr sagen, und er küßt sie immer wieder.

Dann setzen sie sich in den Schatten des Panzers, wo er gelegen hatte, und er erzählt ihnen vom Krieg. Er erzählt ihnen nicht von der Einsamkeit, vom endlosen Warten, vom wahnsinnigen Wunsch zu fliehen, der ihn manchmal packt, nicht von der Hitze, die seine Füße verformt, und auch nicht von der Angst, die ihn manchmal mitten in der Nacht aufschrecken läßt; er erfindet Kämpfe für sie, die nicht stattgefunden haben, Befreiungen von Städten, die nicht existieren; er erzählt ihnen, wie er Männer gefangengenommen und aus Barmherzigkeit am Leben gelassen hat, und beschreibt die

Dankbarkeit, die sie ihm gezeigt haben. Er erfindet ihre Namen, ihre Gesichter, die Waffen, die sie trugen, als er sie einkreiste, und sogar die Kinder, die sie nie gehabt haben und in deren Namen er ihnen das Leben schenkte. Seine Mutter unterbricht ihn nach einer Weile und fragt ihn, ob er genug zu essen bekomme. Er antwortet zu seinem Vater gewandt, daß die Verpflegung nicht immer rechtzeitig eintreffe, und sieht, daß er mit dem Kopf nickt und sich an den Hunger erinnert, den er selbst einmal kennengelernt hatte.
Da nimmt sie den Korb, den sie mitgebracht haben; sie hat Brotfladen hineingelegt, die sie geknetet und gebacken, Zwiebeln, die sie stundenlang eingekocht hat, ein paar Datteln, Feigen, Schaf mit Reis. Er hat Hunger, die Hitze spüren sie nicht. Sie sieht ihn an und sagt: »Iß, mein Sohn, iß.« Er schiebt ein Stück Fleisch in den Mund und erinnert sich an das von wildem Wein umrankte Haus und an die Schule, die Straße, wo seine Brüder spielten, als sie noch am Leben waren, die endlosen Geschichten, die der Vater seines Vaters abends erzählte, vom klaren Wasser der Brunnen und den schwarzen Augen Sorayas, die er heiraten sollte.

Als er aufwacht, schnarcht Abou Salem neben ihm, überall nichts als Nacht, konturloses Schwarz, er friert und hat Hunger; draußen schweigt alles, da tritt er hinaus; er geht um den Panzer herum, um zu sehen, ob der Sand die Spuren ihrer Schritte bewahrt hat.

Der französische Hauptmann

Die offenen Fensterläden geben den Blick frei auf die kaum beleuchtete Landstraße und auf die abgeernteten Felder dahinter. Eine Nachtigall singt, Sehnsucht in der Stimme; Robert Nantua hört ihr zu, er rührt sich nicht. Er liegt mit reglosem Geschlecht da, seine Lust ist anderswo, in seinen Händen und auf seiner Haut, er erinnert sich, wie die Haut der Frau an der seinen lag. Eine Nacht hatte genügt, um dreißig Jahre auszulöschen, unnötige Jahre. Sie liegt ausgestreckt unter ihm und schaut ihn an; er ist das Leben, das sie nicht vergessen möchte. Jeden Tag hatte er seither daran gedacht. Deshalb ist er gegangen. Deshalb hat er den Krieg und die Monotonie des militärischen Lebens hinter sich gelassen. Er hatte mit niemandem darüber gesprochen, nie etwas gesagt, bis sie in sein Leben trat. Alles an ihr sagte stumm: Leben ist etwas anderes. Und er verstand. Er brauchte sie nur anzusehen. Vor ihr hatte er alles verloren. Da war er gegangen. Um sich zu verstecken. Er wollte nicht mehr, nicht mehr so weitermachen wie bisher: Hände, die Waffen trugen, eine Stimme, die Befehle gab. Er war ein Bleisoldat gewesen. Sie fehlte ihm. Sie war fortgegangen. Sie gehörte niemandem, so wie er. Aber sie gehörte niemandem mehr, und er hatte nie jemandem gehört. Sie liebte ihn nicht. Aber es gibt Frauen, die lieben, was auch geschieht. Die den Mann kennen, dem sie begegnen. Sie hatte gesagt, Leben ist etwas anderes; nie zuvor hatte jemand so etwas gesagt. Er hatte ihr geglaubt, und die Angst war gewichen, der Schmerz nicht.

*

»Ich weiß nicht mehr, was das Wort Sieg bedeutet.« Mit diesen Worten beschloß Robert Nantua seine Abschiedsfeier im Kasernenhof. Es war ein Jahr nach Kriegsende, die Männer, die er in der Wüste kommandiert hatte, wagten nicht, ihn anzusehen. Seine militärische Karriere war zu Ende.

Drei Monate später reichte er die Scheidung ein. Seine Familie, die davon überrumpelt wurde,

glaubte, daß eine andere Frau im Spiel wäre. Er ließ sie reden, übergab den größten Teil seines Besitzes Frau und Söhnen und behielt nur den Bauernhof in der Saône-et-Loire, wo er im Zweiten Weltkrieg geboren worden war. Hier ließ er sich zu der Zeit nieder, als Mary Miller von Provo in die Bronx zog. Er fand ihre Spur ein paar Monate später, als er sich bei der Verwaltung der Militärbasis von Provo nach ihr erkundigte. Die Nachricht von ihrem Wegzug überraschte ihn nicht.
Sechs Monate später schrieb er ihr mehrere Briefe, aber nur der erste erreichte sie. Er hatte seine neue Adresse nicht auf den Umschlag geschrieben, und so erhielt er ihre Antwort nicht. Er schrieb ihr trotzdem weiter.

Am Tag, an dem der Krieg zu Ende ging, stand er mit seinen Männern tief in der Wüste. Die Nachricht wurde ihm noch vor dem Morgengrauen übermittelt, in wenigen Worten, vielleicht: »Immediate ceasefire. Stop advance.« Seine Männer schliefen noch, er ging hinaus. Draußen war das erste schwache Licht zu ahnen. Er sah in die Dunkelheit der Wüste hinaus, und plötzlich wußte er, daß dies sein letzter Krieg gewesen war. Dann weckte er die Männer. Er wartete, bis sie sich aufgestellt hatten, und sagte dann: »Der Krieg ist zu Ende.« Erst trat

Stille ein, dann jubelten sie. Einige schrien, andere vergruben ihr Gesicht in den Händen. Er dachte an die Besiegten. Es war das erste Mal.
Wenige Stunden später machten sie sich auf den Rückmarsch; die Jüngeren reckten sich lachend auf den Panzern und sagten, sie würden nie mehr einen Fuß in diese verdammte Wüste setzen; sie schüttelten die Köpfe wie die Kinder, sie waren davongekommen. Dieses Gefühl war unvergleichlich.

Zehn Tage später kehrten sie nach Frankreich zurück. Als die Räder der Transall auf der Rollbahn aufsetzten, verstummten die Männer im Flugzeug. Robert Nantua wartete, bis die Maschine zum Stillstand gekommen war, dann stellte er sich an die Tür und rief einen nach dem anderen mit Namen auf. Auf der Rollbahn liefen einige sofort los, andere blieben stehen, als wüßten sie nicht wohin, und Robert Nantua, der ihnen zusah, mußte an seine erste Rückkehr vor dreißig Jahren denken.
Als sie weg waren, blieb er allein in der Kabine zurück, unfähig, einen Gedanken zu fassen. Es war wie jedesmal, er hatte trockene Lippen, sein Herz pochte. So war es bei jeder Rückkehr, aber diesmal besonders, ihn überfiel ein Gefühl der Nutzlosigkeit. Sein Leben, alles, was er war, schien ihm wie

eine Lunte: alles brannte, es dauerte nur wenige Sekunden, dann eine blitzartige Zerstörung. Seine Kriege waren sinnlose Unternehmen, er war unfähig, wie die anderen zu leben. Er hatte nichts gelernt. Nur Krieg, wieder und wieder. Es war nicht zu ändern. Die Kehle war wie zugeschnürt, die Augen feucht und kalt, er fühlte sich fremd und elend, wie zum Leben verdammt.
Der Regen trommelte auf den Flugzeugrumpf; draußen rief jemand nach ihm. Er hatte es gehört. Noch einmal. Er sagte: »Ich komme.«
Aber er saß da und dachte an die endlosen Nachmittage der Einsatzbesprechungen, als sie unter heißen Zeltplanen in der Wüste den Krieg vorbereitet hatten; auf den genauen Karten in Plastikfolie, die am Boden ausgebreitet waren, zeigten sie mit dem Stock auf die Namen von Dörfern und Dünen, die sie nicht kannten, versetzten rote und schwarze Reißzwecken auf unsichtbaren Pisten, zeichneten Pfeile, stellten sich Truppenbewegungen und Einkesselungen vor und wiederholten die Sätze, die ihnen von einem Konflikt zum nächsten dienten; er dachte an die Tage, die sie damit verbrachten, Routen durch die Wüste zu finden, um den Panzern den Vormarsch zu ermöglichen, Routen, die festgelegt wurden, ohne daß sie gewußt hätten, wann oder wo die Kämpfe stattfinden

würden. Er erinnerte sich an den Abend, an dem die Bodenoffensive begann. Sie waren mitten in der Wüste, er hatte die genaue Uhrzeit in sein Kriegstagebuch notiert. In diesem Augenblick wußte er nichts mehr von den vorangegangenen Kriegen, noch war Friede, aber der Angriffsbefehl war übermittelt worden, und er hatte ihn weitergegeben, die Panzer hatten sich in Bewegung gesetzt und ihre Kettenspuren durch den Sand gezogen; er sah, wie die Staubfahnen hinter ihnen hingen. Sie fuhren in den Kampf, zum Sterben, zum Töten. Er konnte sich sogar genau an die Farbe des Himmels erinnern, eine dunkle Farbe, fast violett, und an die schweigenden Männer, die vor der Abfahrt mit steifen Schultern vor ihm angetreten waren. Er hatte Befehle immer ausgeführt, hatte sie an Hunderte von jungen Männern weitergegeben, Bleisoldaten wie er, die man auf Karten und Schlachtfeldern verschob. Er hatte sogar Vorträge gehalten. »Vergessen Sie nicht, Kameraden, von Ihrer Klarsicht und Ihrem Mut hängt das Leben derer ab, die Sie kommandieren.« Er hatte gehorcht, er war umsichtig gewesen, er war ausgezeichnet worden. Kein einziges Mal im Laufe der vergangenen dreißig Jahre hatte er sich auch nur für einen Augenblick gefragt, was das eigentlich für ein Leben war.

Seine Frau und seine Söhne erwarteten ihn im Empfangssaal des Militärflughafens. Er sah, wie sie ihm von weitem zuwinkten; seine Söhne, ein bißchen steif, zögerten, näher zu kommen, und er wußte nicht mehr, ob er sie in die Arme nehmen oder ihnen die Hand geben sollte.
Seine Frau drückte eines dieser verblühten, sanften Gesichter an ihn, die gewöhnlich kaum beachtet werden; er empfand eine zärtliche Rührung für sie, aber keinerlei Begehren.

An jenem und den folgenden Abenden hatte er ihnen Geschichten aus dem Krieg erzählt, von Gefechten in den Dünen und von Kriegslisten; er hatte ihnen die in der Morgensonne langsam errötende Wüste geschildert und die Sandstürme, die Hunde, die in den Straßen der ausgestorbenen Dörfer herumirrten, und die Staubwolken, die die Sicht nahmen und den Vormarsch behinderten; er hatte für seine Söhne nach Bildern gesucht, damit sie wieder die Gesichter bekamen, die sie als Kinder gehabt hatten; er erzählte ihnen ausführlich von den jungen Fliegern, die von ihrer Mission zurückkehrten, die Hände bebend vor Angst, die sich aber, als sie wie Helden empfangen wurden, plötzlich zu erinnern glaubten, daß sie schon immer auf der Seite der Sieger gestanden hatten; er beschrieb ihnen das schnelle Vorrücken der Truppen in der Wüste, die Einnahme einer befestigten Stellung, die Minen, die Verwundeten. Seine Söhne unterbrachen ihn nicht. Manchmal schmückte er seine Erzählung aus, damit sie noch näher rückten, und er beeilte sich, denn bald, das wußte er, würde das alles kein Thema mehr sein.

Ein paar Tage später fuhr er zu einer Konferenz der Heeresleitung nach Paris. Gegen vier Uhr nachmittags verließ er das Ministerium und ging lange mit müdem und abwesendem Blick durch die Straßen. Noch zwei Wochen zuvor hatte er die Wüste im Sturm auf kahle Dünen und verlassene Festungen durchquert, und jetzt war er von Liebespaaren umgeben, auf den Brücken und an den Ufern, auf der Place du Carrousel und auf dem Rasen des Jardin des Tuileries; Kinder rannten um die Statuen, rasch von Frauen in leichten Kleidern eingefangen; ein vorzeitiger Frühling lag in der Luft, und die Stadt strahlte mit all ihren Kathedralen und Statuen, ihren Plätzen und Engeln, die die Arme dem Himmel und dem Licht über der Île-de-France entgegenreckten. Es konnte keine Dünen gegeben haben, keine Panzer und keine Wüste. Keine Stadt der Welt war fähig, in so kurzer Zeit die Geschichte abzuschütteln, und unter den knospenden Kastanienbäumen herrschte wieder der längst verflogene süße Duft der Nachkriegsabende; die Mädchen an den Tischen der Straßencafés erzählten sich von ihrer neuen Liebe; die Leute liefen wie jedes Jahr in Scharen über die Boulevards, und alte Frauen erinnerten sich auf den Bänken mit geschlossenen Augen, daß sie diese plötzliche Süße schon einmal erlebt hatten, und wie die Stadt sich, leicht berauscht, herrichtete für den Aufmarsch der Sieger.

Abends im Hotelzimmer sah er im Fernsehen die aus dem Krieg heimkehrenden Soldaten, die mit dem Gepäck auf dem Rücken den Frachtraum der Schiffe und Flugzeuge verließen; ein paar winkten mit der Hand in die Kameras oder machten das V-Zeichen, andere trotteten schweigend vorbei; Robert Nantua mußte an den Siegesjubel seiner Männer in der Wüste denken, und ihm fiel wieder ein, wie er selbst früher zurückgekehrt war, vor allem das erste Mal. Er hatte nie die Worte gefunden, um von den Tagen zu sprechen, an denen er Männern im Hinterhalt auflauerte, um sie zu töten. Diese Erzählungen lebten schweigend in ihm.

Er fragte sich, was die Passanten, denen er auf der Straße begegnet war, beim Anblick der heimkehrenden Soldaten im Fernsehen dachten. Wollten sie, daß der Krieg sich in Luft auflöste, sowie er beendet war? Dachten sie an ihre Jugend? An die Besiegten? Dachten sie an den Frieden? An die Erleichterung, sagen zu können: »Nun ist alles gut«? Vielleicht. Vielleicht strömten sie deswegen in der Provinz abends so zahlreich auf die Avenuen, mit ihren Kindern auf den Schultern, um die heimkehrenden Soldaten zu sehen. Als die einfachen Soldaten diese Massen am Hafen sahen, fragten sie sich erstaunt, ob der Jubel wirklich ihnen galt; Frauen warfen ihnen Blumen zu, Hände streckten sich ihnen entgegen, schwenkten Fahnen, und die Männer warfen sich unwillkürlich in die Brust; vielleicht war es wirklich ein Sieg gewesen. Sie umarmten ihre Familien auf dem Kasernenhof, in den Hangars erwarteten sie weitere Kameras, Journalisten filmten sie beim Wiederholen der Gesten, die sie in der Wüste gemacht hatten. Man fragte nach ihren Eindrücken, nach ihrer Meinung, aber sie wußten nicht, was sie antworten sollten. Ohne zu wissen, warum, blieben sie stehen, das Bild der Wüste tauchte auf, ein Schmerz durchzuckte sie. Viele verstanden nicht mehr, was sie dort eigentlich getan hatten, sie drehten sich um zu ihrem Kameraden, der Planen, Werkzeugkästen und Meßapparate aus seinem Panzer lud. Sie riefen ihn mit lauter Stimme: »Pierre!« Sein Name hallte in dem Hangar nach. Er richtete sich auf und lächelte. »Alles klar, Alter?« Er nickte. »Alles klar, bist du sicher?« Er lachte. »Hör auf mit dem Blödsinn!« Ihre durch den Widerhall des blechernen Hängebodens verstärkten Stimmen vermischten sich, sie reichten irgendwelche Gegenstände von Hand zu Hand weiter und sprachen von den Mädchen, mit denen sie tanzen würden; sie versuchten angestrengt so zu tun, als wären sie nie weg gewesen, sie vergaßen den Krieg. Eines Tages, das wußten sie, würde von all dem keine Rede mehr sein.

Als er aus Paris zurückgekehrt war, mußte Robert Nantua einen Bericht über die Offensive schreiben. Fakten und Daten. Stellungen, Ausrüstung und Anzahl der Männer. Moral der Truppe, Zustand des Materials, Kommunikationswege. Funktion des alliierten Kommandos in seinem Gebiet. Disziplin. Die Haltung der Unteroffiziere. Umsetzung der Vorgaben. Aber es verging eine ganze Woche, ohne daß er damit begonnen hätte.
Das Tagebuch, das er während des Krieges geführt hatte, lag offen auf seinem Schreibtisch; gelegentlich notierte er ein paar Sätze und strich sie dann sofort wieder. Durch das Fenster zum Hof sah er den tiefhängenden, metallischen Himmel von

Châteauroux, die kahlen Bäume im Kasernenhof, und er mußte an das grelle Licht der Wüste und an die Hitze denken, an die Farben der Dünen am Abend und an den verschleierten Himmel; er dachte nicht an den Krieg, nur an die Morgendämmerung, die von den Dünen aufstieg, an das klare, strahlende Licht und an die Morgenstunden. Jedesmal, wenn er daran dachte, durchzuckte derselbe Schmerz seine Brust, all das fehlte ihm. Eines Tages beschloß er, die Sache endlich zu erledigen, er setzte sich an den Tisch und arbeitete bis in die Nacht; nach zehn Stunden war der Bericht fertig.

Robert Nantua las ihn noch einmal durch, und plötzlich packte ihn in dem leeren Gebäude, wo sich nur noch die Offiziere vom Dienst und die Wache aufhielten, ein unbändiges Lachen: Er hatte gewissenhaft das genaue Bild von zweiundzwanzig Wochen des Wartens und ein paar Stunden des Kampfes gezeichnet, keine Zahl fehlte, keine Statistik, jeder Tag war da, durch das Sieb seiner militärischen Analyse gegangen, aber die von Bombardements erschütterte Erde und die schlaflosen Nächte, die Schreie der Männer auf den Dünen und die Toten, der Haß und das Lachen, das sie manchmal schüttelte, kamen darin nicht vor, das Papier zeigte keine Spur davon, absolut

keine, und zum ersten Mal dachte er, daß genau das der Krieg sei: das Verschwinden der Wörter.
Es war ein Uhr morgens. Robert Nantua verlangte, mit dem Kommandierenden seines Minensuchtrupps verbunden zu werden, der vor Ort geblieben war. Eine halbe Stunde später hatte die Telefonistin die Vermittlung hergestellt und rief zurück; er hatte Adrien Froissard offenbar aus dem Bett geholt. Er entschuldigte sich, es gebe keinen besonderen Grund, ihn anzurufen, er wolle nur ein paar Informationen, hören, ob alles in Ordnung sei. Die Verbindung war schlecht, er konnte die Antwort Adrien Froissards nicht verstehen. So entschuldigte er sich noch einmal und legte auf, dann trat er ans Fenster; bis zum Morgen waren es noch einige Stunden.
Am nächsten Tag legte Robert Nantua seinen Bericht vor. Ostern stand vor der Tür, er wollte mit seiner Familie ein paar Tage auf dem Hof in der Saône-et-Loire verbringen. Über die rebenbewachsenen Plateaus und Hänge spazieren. Nachts am Fenster seines Schlafzimmers stehen und die schwach beleuchtete Straße und die Felder wiedersehen. Die tiefe Stille der fetten Äcker in sich aufnehmen. Vergessen.

Am Tag vor seiner Abfahrt klopfte ein Adjutant, den er nicht kannte, an seine Tür und übergab ihm ein dringendes Schreiben. Robert Nantua las es, vergewisserte sich, daß es an ihn gerichtet war, und las es noch einmal. Es war unterzeichnet von de Martre vom Generalstab: »Dringend Ministerium kontaktieren, Stelle 61.44. Mission innerhalb 48 Stunden.« Robert Nantua rief Frédéric Renard an, aber der Oberstleutnant wußte auch nicht mehr; die Nachricht kam direkt aus Paris. Er rief das Ministerium an, aber man teilte ihm mit, daß de Martre den ganzen Tag außer Haus sei; ein Unteroffizier an der Stelle 61.44 bestätigte ihm lediglich die Nachricht und nannte ihm die Flugnummer, unter der für den nächsten Tag ein Platz für ihn gebucht war. Er fügte hinzu, daß der Auftrag eine Abwesenheit von einigen Wochen bedeuten könne.

Thérèse Nantua weinte, als sie hörte, daß er schon wieder abreisen mußte; sie weinte noch am nächsten Tag, als er sie und seine Söhne zum Bahnhof begleitete, und er fand keine Worte für sie. Das Flugticket waren wie vereinbart am Morgen eingetroffen. Es war nur das Abflugdatum und der Bestimmungsort vermerkt: die Stadt K. In der Wüste.

Robert Nantua nahm die Kleider wieder aus dem

Koffer, in den seine Frau sie bereits sorgfältig gepackt hatte. Seine Khakihemden und -shorts rochen nach Naphthalin; er stopfte sie in eine Tasche und verließ das Haus; seine Toilettensachen und den Brief, den er seiner Frau geschrieben hatte, vergaß er; er bemerkte es zu spät. Draußen regnete es, er winkte ein Taxi herbei, das von einem schweigsamen alten Schwarzen gesteuert wurde, legte den Kopf zurück und schloß die Augen. Die Scheibenwischer übertönten rhythmisch die leise Musik des Autoradios. Der Fahrer fragte ihn, ob er es ausmachen solle; er verneinte mit einer Handbewegung und drückte sich in den Sitz.

Die ganze Nacht waren ihm Bilder des Krieges ins Gedächtnis zurückgekommen; das Warten, seine Schreie auf den Dünen, die Männer, die er am Kragen packte und anbrüllte, sie seien hier nicht auf einem Rummel, und jene, die er zehn Minuten länger herumkriechen ließ, weil er ihre Angst bemerkt hatte, die schlaflosen Nächte, das Vorrücken ohne Licht und der Raum, der sich jeden Abend ein wenig enger um sie schloß, die Männer, die im verdunkelten Quartier warteten, mit leiser Stimme sprachen und schließlich verstummten, der Himmel, der sich jeden Morgen unendlich über ihnen auftat, dann seine Rückkehr nach Frankreich, seine Angst, als er wieder zu Hause

war. Alles vermischte sich wieder: wegfahren, kämpfen, zurückkehren, anderswo die Lust am Leben finden.
Er hatte geträumt, er säße alleine auf einem Gipsthron mitten in der Wüste; das Bild hatte ihn geweckt, er sah seine Frau an, er wünschte sich, daß sie sich zu ihm drehte, sich zwischen seine Beine legte und ihn hinderte wegzugehen, aber sie schlief weiter.

Er traf etwas zu früh am Flughafen ein und wollte die Zeit nutzen, um seine Frau anzurufen, verwählte sich aber, versuchte es noch einmal, vergeblich, und überlegte, ob er ihr ein paar Worte schreiben solle. Dann vergaß er es.
Das Flugzeug war halb leer. Robert Nantua setzte sich in die letzte Reihe ans Fenster. Ein korpulenter Mann, der stark nach Zigarre roch, nahm neben ihm Platz; Robert Nantua wollte den Platz wechseln, aber das Flugzeug startete bereits. Er nahm *Der Mann ohne Eigenschaften* aus der Tasche, ein Buch, das er vor Jahren wegen des Titels gekauft und nie gelesen hatte, wahrscheinlich auch wegen des Titels.
Um ihn herum sprachen Leute in Sommerkleidung von Verträgen, die sie aus dem Land nach Hause bringen wollten, in dem sich seit Kriegs-

ende wichtige Märkte für den Wiederaufbau eröffneten. Er begann zu lesen: »Auch die Dame und ihr Begleiter waren herangetreten und hatten über Köpfe und gebeugte Rücken hinweg den Daliegenden betrachtet. Dann traten sie zurück und zögerten. Die Dame fühlte etwas Unangenehmes in der Herz-Magengrube, das sie berechtigt war, für Mitleid zu halten; es war ein unentschlossenes, lähmendes Gefühl. Der Herr sagte nach einigem Schweigen zu ihr: ›Diese schweren Kraftwagen, wie sie hier verwendet werden, haben einen zu langen Bremsweg.‹ Die Dame fühlte sich dadurch erleichtert und dankte mit einem aufmerksamen Blick.«

Als Robert Nantuas Nachbar ihn um Feuer bat, reagierte er kaum. Der dicke Mann warf einen Blick auf sein Buch und erkundigte sich nach dem Grund seiner Reise und nach seinem Dienstgrad: »Infanteriehauptmann? Sieh an, ich hätte wetten können«, sagte er. »Also, Hauptmann, man kehrt an den Ort des Verbrechens zurück? Oh, ich sage das so, aber wissen Sie, ich war nicht gegen diesen Krieg ... eine böse Geschichte alles in allem ... muß wohl sein, nicht wahr, von Zeit zu Zeit ...«

»Ich fahre zur Verleihung der Auszeichnungen«, unterbrach ihn Robert Nantua und drehte sich zum Fenster; die Gesichter seiner Söhne blitzten kurz auf, er fragte sich, was er für ein Vater war, und schlief ein.

Als er aufwachte, überflog das Flugzeug die ersten Wüstengebiete. Er sah die endlosen grauen Flächen unter sich, die er im Krieg durchquert hatte, die Einöden, die nur von ein paar ausgetrockneten Wadis und kurzen Grasbüscheln durchsetzt waren, die Kiesebenen und den unendlichen Himmel; es gab keine Spuren menschlichen Lebens mehr in dieser Landschaft. Er hatte Lust, dort unten zu sein. Er fühlte sich beengt im Flugzeug, er schloß sein Buch; der Himmel spielte ins Rötliche, bald würde er erglühen, und er erschien ihm maßlos da draußen, blutig; er mußte an den Krieg denken.
Das Flugzeug setzte zur Landung an; Robert Nantua legte den Kopf an die Rückenlehne und dachte plötzlich an den amerikanischen Offizier, der mit der Kommunikation an der Front beauftragt war und eines Abends sein Lager aufgesucht hatte. Es war wenige Tage vor Beginn der Bodenoffensive; sie hatten allein in seinem Zelt zu Abend gegessen, Robert Nantua hatte ihm einen alten Marc de Bourgogne angeboten, den er zu schätzen schien, dann sprachen sie über den Krieg. Der Offizier hatte ihm erzählt, daß ein junger Mechaniker namens Tony Accompt jeden Abend im Kasino die

genaue Anzahl der tagsüber von den Fliegern abgeworfenen Bomben an eine Tafel schrieb, während ein anderer die Silos und Brücken aufzeichnete, die ihre Bomben zerstört hatten. Er war aufgestanden und hatte sie nachgemacht, den einen, Tony, ein kleiner rundlicher Rotschopf, der sich auf dem Sessel reckte, um seine Zahlen in eine Reihe zu schreiben, während der andere, ein großer knochiger Schwarzer, über ihm die zerstörten Ziele eintrug. Er hatte auch die Flieger imitiert, die sich einer nach dem andern erhoben und schreiend die Ergebnisse des Tages bekanntgaben, dann hatte er sich wieder gesetzt und hinzugefügt: »Eigentlich finde ich das nicht sehr witzig.« Robert Nantua hatte nichts dazu gesagt.
Später waren sie durch das nächtliche Lager gegangen; der Amerikaner hatte ihm von New York erzählt, von der Stadt in Utah, wo er jetzt lebte, von seiner Frau, die ihm fehlte, dann hatte er sich in einem unbeholfenen Französisch entschuldigt, daß er so redselig war. Robert Nantua hatte von seinen in der Armee und im Krieg verbrachten Jahren gesprochen und, ohne daß er wußte, warum, hinzugefügt, daß manche Männer sich davon fernhalten sollten; der Amerikaner hatte ihn daraufhin gefragt, ob er seinen Beruf mochte, und er hatte genickt.

»Und den Krieg mögen Sie auch?«
»Den Krieg auch.«
»Warum?«
»Wahrscheinlich, weil er mich vor der Langeweile bewahrt.«
»Genügt das?«
»Ich glaube ja; für mich jedenfalls.«
»Komisch, mich langweilt er furchtbar.«
Der Amerikaner schwieg, dann entschuldigte er sich, daß er so viele Fragen gestellt hatte; Robert Nantua hatte ihm lächelnd geantwortet, es mache ihm nichts aus.
»Man kann sein Leben dem Krieg widmen und trotzdem andere beneiden, die nichts damit zu tun haben.«
Der junge Offizier hatte ihn angeschaut.
»Bereuen Sie es?«
»Nein, ich glaube nicht.«
Kurz darauf hatte er ihm gesagt, daß er nach seiner Rückkehr die Armee verlassen und mit seiner Frau in einen anderen Staat ziehen würde.
»Was werden Sie tun?«
»Das weiß ich noch nicht.«
Der Mond stand sehr weiß über ihnen.
»Sie haben recht, die Armee zu verlassen«, sagte Robert Nantua und bot ihm ein letztes Glas an.
Der junge Offizier war kurz vor Tagesanbruch

gegangen; er hatte sich noch einmal zu Robert Nantua umgedreht, um ihm zu danken, und gesagt: »There is something wrong, chief«, er hatte wiederholt: »Something wrong.« Robert Nantua hatte ihn nicht wiedergesehen. Das Flugzeug war gelandet.

Als er den Fuß auf die Gangway setzte, spürte er die dichte, hitzegesättigte Luft und blieb stehen, glücklich, wieder da zu sein. Ein Abgesandter der Botschaft erwartete ihn am Flugzeug. Robert Nantua sah die ersten Silhouetten von schwarz verschleierten Frauen und den vom brennenden Öl geschwärzten Himmel. Sie hatten die Stadt, eine Mischung von hochmodernen Gebäuden, riesigen Palästen und reizlosen Wohnhäusern, rasch durchquert, Straßen voller Einschlagskrater, Brückenruinen und unzählige Umleitungen; der Wiederaufbau hatte gerade erst begonnen.

Der Botschafter empfing Robert Nantua und gratulierte ihm zur Arbeit seiner Minensucher; er sagte ihm, ihre Mission werde verlängert. Man habe ihn aber aus einem anderen Grund herkommen lassen. Der Generalstab habe beschlossen, ihm das Dossier der Vermißten anzuvertrauen. »Ich weiß«, fügte der Diplomat hinzu, »daß wir niemanden zu beklagen haben. Aber es schien uns angebracht, die Alliierten bei dieser Aufgabe zu unterstützen. Ihre Kenntnis des Gebietes prädestiniert Sie für diese Arbeit. Eine Liste von achtzig Personen ist aufgestellt worden, ein Viertel davon fällt in Ihren Bereich. Selbstverständlich haben Sie freie Hand, Sie organisieren die Sache nach Ihrem Dafürhalten. Die alliierten Botschaften stehen Ihnen jederzeit offen, Sie bekommen einen Dauerpassierschein, und nach Bedarf stehen Ihnen zwei Männer zur Verfügung, die von den noch anwesenden Kontingenten freigestellt werden. – Noch etwas«, fügte er hinzu. »Ich möchte Ihnen jemanden vorstellen, der gestern aus den Vereinigten Staaten gekommen ist. Sie wartet nebenan.«

Robert Nantua sah eine schwarze Frau das Zimmer betreten. »Ich möchte Sie mit Frau Miller bekannt machen, ihr Mann zählt zu den Vermißten.«

Zweiter Teil

Irgendwo in der Wüste (II)

Mary Miller und Robert Nantua trennten sich vor dem Haus des Bürgermeisters von Ridschna. Robert Nantua wollte sich bei den örtlichen Behörden erkundigen, ob in der Gegend eine Leiche gefunden worden sei, während Mary Miller mit einem Foto ihres Mannes durch die Altstadt ging.

Als sie Robert Nantua das Bild am ersten Abend zeigte, erkannte er den amerikanischen Offizier, an den er noch am Morgen im Flugzeug gedacht hatte, sofort wieder. Miller, er erinnerte sich an seinen Namen; er lächelte auf dem Foto.

Er ließ Mary Miller den Satz auswendig lernen, den sie sagen mußte, wenn sie das Bild jemandem zeigte: »Kennen Sie diesen Mann?« In einer Woche hatte sie ihn bereits hundertmal wiederholt; seit ihrer Abfahrt aus K. hatten sie etwa fünfzehn Dörfer besucht, zivile und militärische Behörden befragt, und sie hatte Hunderten von Einheimischen das Foto vors Gesicht gehalten. Aber sie waren auf keine Information über verschwundene Soldaten oder John Miller im besonderen gestoßen.

Das Dorf, in dem sie am Vortag angekommen waren, befand sich auf der anderen Seite der Grenze, aber Mary Miller hatte Robert Nantua gebeten, noch nicht aufzugeben. Als John Miller verschwand, war ein Sandsturm aufgekommen, er konnte die Grenze überschritten haben, ohne es zu merken. »Geben Sie mir noch vierundzwanzig Stunden«, hatte Mary Miller gesagt, »die Karte zeigt ein Dorf auf der anderen Seite, etwa dreißig Kilometer von hier; wenn wir dort nichts finden, kehren wir um.«

Am nächsten Morgen überschritten sie die Grenze an einer alten verlassenen Station. Im Schatten des Gebäudes hatte Robert Nantua angehalten, um einen Blick auf die Karte zu werfen. Sie fuhren weiter, ohne das Brillenetui zu sehen, das halb vom Sand verdeckt neben dem Eingang des Hauses lag.
Sie ließen die Ebene, die sich zu beiden Seiten der

Grenze erstreckte, rasch hinter sich und fuhren westwärts auf die Dünen zu. Die Oberfläche der Piste, die an manchen Stellen aufgebrochen war, zeugte noch von der Durchfahrt der fremden Armeen, andere Spuren hatte der Sand verwischt; die Aufschüttungen zum Schutz der Stellungen waren verschwunden, und das verbrannte Holz am Rande der Piste hätte auch von den Beduinen stammen können, die wieder die Gegend durchzogen.

Robert Nantua erkannte eine der Stellen wieder, wo er seine Männer eines Nachts anhalten ließ. Nicht weit davon hatten sie die Zelte aufgestellt, etwas abseits der Piste. Die Männer hatten Karten gespielt. Es war kurz vor Beginn der Gefechte gewesen, aber nichts wies mehr darauf hin in dieser gleichförmigen Sandlandschaft, in der es nicht einmal ausgetrocknete Wadis oder unbefahrene Pisten gab.

Als sie die ersten Dünen erreichten, erhob sich ein leichter Wind, der den feinen Sand aufwirbelte. In einer Kurve geriet der Jeep ein wenig ins Schleudern. Sie fuhren in die hintereinander gestaffelten Dünenketten hinein. Dutzende von goldenen oder gelben Kämmen erhoben sich, so weit das Auge reichte, verdeckten den Horizont.

Robert Nantua brachte den Jeep zum Stehen; Mary Miller stieg aus und ging ein paar Schritte. Ringsum nichts als Dünen, die mächtige Flanke dem Himmel dargeboten, überall Schönheit, der Wind hob einen feinen weißen Staub von der Oberfläche der Hänge. Alles schien den Menschen abzuweisen, ihn zu Fall zu bringen, und zum ersten Mal stellte sich Mary ihren Mann John allein in dieser Landschaft vor. Sie hörte nicht sofort, daß Robert Nantua sie rief; sie hatten nur noch wenige Kilometer bis Ridschna, und er wollte vor der Mittagsruhe dort sein.
Sie schwiegen den Rest der Fahrt. Robert Nantua parkte den Jeep vor dem Amt des Bürgermeisters. Sie stiegen aus, und bevor er hineinging, sah er ihr nach. Er war überzeugt, daß sie nichts herausfinden würde.

Mary Miller bog in die erste Gasse ein, wo sie ein Mädchen bemerkt hatte, das mit Broten in der Hand neben einem Portal stand. Als das Mädchen sie kommen hörte, drehte es sich um, Mary Miller nahm das Foto aus der Tasche, streckte es ihr entgegen und sprach den Satz, den ihr Robert Nantua beigebracht hatte, das Mädchen betrachtete schweigend das Bild. »La, la.« Nein. Sie kannte ihn nicht. Sie starrte Mary Miller an und wandte sich dann ab.

In der nächsten Gasse sprach Mary eine alte Frau an, die aus einem Haus trat, dann ein Stück weiter noch zwei Mädchen; sie bekam stets dieselbe Antwort. Sie bog in eine dritte Gasse, eine vierte; durch die halboffenen Türen sah sie Innenhöfe und Frauensilhouetten, die sich zwischen Kindern hin und her bewegten, wagte aber nicht einzutreten. Ausgetretene Treppen durchzogen die Altstadt; alles war verschlossen, still. Die schweren Holztüren schimmerten in kräftigem Blau, Mandelgrün und gelegentlich in warmem Ocker. Der Sand auf dem Boden dämpfte das Geräusch ihrer Schritte; hier und da wurde die Stille von den Tritten eines Esels, geführt von einem alten Mann, oder dem Schreien eines Kindes unterbrochen, breitete sich aber sogleich wieder aus.

Die Hitze nahm zu, bald würden sich Fenster und Türen bis in den Nachmittag schließen, ohne daß sie irgend etwas in Erfahrung gebracht hätte; Robert Nantua hatte wahrscheinlich recht, sie waren zu weit im Inneren des Landes, hier waren die fremden Armeen nur durchgezogen; es gab für John Miller keinen Grund, hierherzukommen. Sie setzte sich auf einen Stein an der Kreuzung zweier Gassen, ohne die wenigen Männer zu bemerken, die an ihr vorbeigingen und sie anschauten. Es blieb ihr noch eine Stunde bis zum Treffen mit

Robert Nantua; sie stand wieder auf, ein Stück weiter hatte sie einen Palmenhain bemerkt, der die Altstadt säumte; da würde sie sich wenigstens etwas erfrischen können.

Den Palmenhain entlang standen Häuser, die von hohen Mauern umgeben waren. Mary Miller sah, daß eine schwarz verschleierte Frau das erste Haus betreten wollte, und beschleunigte ihren Schritt. Die Frau wich etwas zurück, als sie sie bemerkte, aber Mary trat auf sie zu, hielt ihr das Bild hin und sagte wieder: »Kennen Sie diesen Mann?«

Die Frau legte ihren durch das Alter unförmig gewordenen Daumen auf John Millers Gesicht; sie schien Mary vergessen zu haben, dann blickte sie auf und nickte im Gegensatz zu allen anderen vor ihr mit dem Kopf und sagte leise: »Nam.« Ja. Mary war nicht sicher, ob sie richtig verstanden hatte. Sie wiederholte: »Kennen Sie diesen Mann?« Da senkte die alte Frau den Kopf und forderte sie mit einer Handbewegung auf, ihr zu folgen.

Die Haustür öffnete sich auf einen dunklen Gang, die Alte stützte sich beim Gehen mit einer Hand an die Mauer; sie gelangten in einen Innenhof. Drei Frauen saßen auf Steinbänken um einen Brunnen. Bei ihrem Erscheinen erhoben sie sich; die Frau sprach mit ihnen und zeigte auf Mary. Die jüngste

kam auf sie zu und hieß sie in holprigem Englisch willkommen; eine von ihnen ging ins Haus, Mary wandte sich an die junge Frau und hielt ihr das Bild hin. Das Mädchen wich bei dem Anblick zurück; in diesem Augenblick kam die Frau, die weggegangen war, wieder, ein Tablett mit Tee und Früchten in den Händen. Sie sah das Bild und ließ das Tablett sinken; der Tee floß über die Steinplatten. Das Licht spielte in der goldbraunen Lache auf dem Boden. Die junge Mariam rührte sich nicht mehr. Mary wartete. Die Hitze drang ab und zu in Windstößen in den schattigen Hof; Mary setzte sich auf eine der mit Kissen bedeckten Steinbänke, das Bild lag vor ihr auf dem Tisch, die junge Frau trat zu ihr und sagte: »Wir kennen diesen Mann.«
Mary wollte aufstehen, aber das Mädchen berührte sie an der Schulter, wollte, daß sie sitzenblieb.
»Madam ...«
Die anderen Frauen sahen sie nicht an. Das Mädchen sagte noch einmal: »Madam ...«
Dann senkte sie die Augen und fügte hinzu: »Wir wissen, wo er ist.«
Und das Gesicht dem Steinboden zugewandt: »Er ist tot, Madam.«
Dann schwieg sie und wandte sich ab. Wie die anderen; sie schauten weg, zu Boden.

Nach einiger Zeit erhob sich eine von ihnen, um die Glasscherben aufzulesen, und verließ den Hof. Dann war es wieder still, weder von draußen noch aus dem Haus drang ein Laut zu ihnen. Die alte Frau bewegte sich ab und zu, und der Stoff ihrer Röcke raschelte. Ihr schwarzer Schleier, der auf den Schultern lag, bedeckte die zu einem Knoten gebundenen weißen Haare und die schweren Ohrringe. Mary Miller sagte nichts.

Als die junge Mariam sich ihr zuwandte, wehrte sie ab, stand auf und ging zur gegenüberliegenden Ecke des Hofes. Der Hof war von Zimmern umgeben, deren Fenster von schweren Wollvorhängen verhängt waren. Es war kein Laut zu hören, nur ab und zu das Brummen einer Fliege. Mary lehnte sich an die Wand. Sie hörte die Fliege nicht. Das Unheil hatte sich Zeit gelassen, und dann wurden die Worte gesprochen, die alles zerstörten. Sie spürte nicht die Hitze des Steins an ihrem Rücken, sie suchte vergeblich nach etwas in ihr, das diesen Schmerz aufnehmen könnte, und fand nichts, sie ließ die Stirn an die Mauer fallen; die Stille um sie herum wurde drückend, sie drehte sich um und sah, daß die Frauen warteten.

*

Als Nur al-Indschar al-Kutubi, die von ihrer ältesten Schwester unterrichtet worden war, in den Hof trat und Mary sah, den Kopf gesenkt und ein Glas in der Hand, blieb sie stehen. Ein Lichtstrahl spielte auf ihrem Gesicht. Nur al-Kutubi schaute die Frauen an, die um sie herumstanden, und schloß die Augen. Der Blick des auf dem Sand liegenden Mannes kam ihr ins Gedächtnis zurück. Sie erinnerte sich an seine Geste am letzten Abend, wie er eine Umarmung andeutete, und trat vor. Mariam Manrab erklärte Mary, wer sie war. Mary erhob sich und ging auf sie zu. Nur al-Kutubi verbreitete einen süßen Moschusduft, ihre Haut schien in der Sonne zu brennen.

Als Mary Miller eine Stunde später wieder ging, wußte sie, wie die Frauen die Leiche John Millers entdeckt hatten, warum Nur al-Kutubi am ersten Abend allein auf die Düne gegangen war, daß John Miller ihr den Kopf zugewandt und mit ihr gesprochen hatte, was die alte Nedschma am nächsten Tag und was John Miller die folgenden Nächte gesagt hatte, was er gesehen hatte, was er wußte, seine Zärtlichkeit und seine Gedanken an sie.

Mary hatte Nur al-Kutubi gefragt, woran John gestorben war, aber sie wußte es nicht.

*

Robert Nantua war nicht am verabredeten Treffpunkt. Nur al-Kutubi und Mariam Manrab boten Mary an, mit ihr im Park vor dem Amt zu warten. Ein paar vorübergehende Frauen blieben stehen, um sie zu grüßen. Nur al-Kutubi sagte einigen, wer Mary Miller war. Die Erinnerung an die Leiche am Dünenhang wurde wieder wach in ihnen, und sie gingen auf Mary zu, manche umarmten sie, keine stellte Fragen; als Robert Nantuas Jeep auf den Platz fuhr, waren mehrere Frauen bei ihr.

Die Frauen ließen Mary allein vorgehen. Sie machte ein paar Schritte auf Robert Nantua zu und blieb stehen. Er hatte den Eindruck, sie könnte fallen und streckte instinktiv die Arme aus, aber sie wich zurück und sagte, ohne ihn anzusehen: »Er ist tot.« Sie hatte zu leise gesprochen. Robert Nantua bat sie, es zu wiederholen, da sagte sie denselben Satz noch leiser. Robert Nantua schaute sie an, schaute die Frauen an, die schweigend um sie herum standen, und sagte: »Die Männer haben es mir eben gesagt.« Dann fügte er hinzu, daß sie bereit waren, sie zu der Leiche zu führen, und Mary sagte: »Gehen wir.«

Ali ben Fakr war bei Robert Nantua. Robert erklärte Mary, wer er war. Zwei der Männer, die als

erste mit ihm an der Düne gewesen waren, begleiteten sie. Mary bat die Frauen mitzukommen.
Als sie das Dorf verließen, begann es zu dämmern. Ali ben Fakr fuhr; Mary, die hinten saß, sah die Dünen vorbeiziehen, die sich bereits rot zu färben begannen, und dachte, daß diese Landschaft keine Erde war, kaum eine Materie. Sie würde dem Menschen niemals ein Bild seiner selbst zeigen. Zum ersten Mal stellte sie sich den Körper des toten John Miller ausgestreckt auf dem Sand vor.

Die Jeeps hielten am Fuß einer nicht sehr hohen Düne. Ali ben Fakr wandte sich an Mary Miller und wollte etwas sagen, besann sich aber anders. Für einen kurzen Moment war alles still, dann stand Robert Nantua auf, und Mary sah, daß es um sie herum nichts als Sand und ein paar trockene Grasbüschel gab.
Ali ben Fakr und die Frauen schauten wortlos in dieselbe Richtung und gingen los. Ali ben Fakr marschierte voran, die Frauen hinter ihm her. Sie kannten den Weg; die anderen Männer blieben bei den Wagen.

Mary Miller, den Körper leicht in den Wind geneigt, kam nur mühsam voran, ihre Schuhe versanken im Sand; manchmal schaute sie auf Ali ben

Fakr und die Frauen, die vor ihr gingen, ohne ein einziges Mal stehenzubleiben oder sich umzudrehen; die Dschelaba Ali ben Fakrs und die Schleier der Frauen flatterten im Wind, ihre Schatten zeichneten sich auf dem Sand ab. Sie betrachtete die Dünen und den Himmel, das Licht, die schwarz gekleideten Frauen, die sie nicht kannte und die geräuschlos vor ihr die Düne emporstiegen, den Franzosen in Uniform, der an ihrer Seite ging. Sie blieb stehen und drehte sich um, hinter ihr war nichts, sie richtete den Blick wieder auf die anderen, die sich durch nichts aufhalten ließen; ihre fremden Silhouetten entfernten sich, ohne sich umzudrehen. Sie hatten John Millers Körper in der gleichförmigen Wüste gesehen, sie hatten sich über ihn gebeugt und kehrten jetzt, ohne an sie zu denken, an die Stelle zurück, wo sie ihn liegengelassen hatten; sie warteten nicht auf sie. Sie wußten nicht, daß sie einen Hund hatte, sie wußten nicht, wie die Straßen von Provo aussahen, sie wußten nicht einmal, daß es diese Stadt gab. Sie gingen unbeirrt weiter. Mary rief Robert Nantua. Er drehte sich um, machte ein paar Schritte auf sie zu, blieb stehen; er sah ein Stück weiter die Silhouette Ali ben Fakrs, kurz vor dem Gipfel der Düne, und begriff; er rief ihm zu, er solle warten, und schritt kräftig aus. Mary sah, daß die beiden Männer sich trafen

und gemeinsam auf den Dünenkamm zuschritten; Ali ben Fakr zeigte Robert Nantua mit ausgestrecktem Arm einen Punkt am Horizont, dann kehrten sie zu ihr zurück.
Robert Nantua wies Mary den Weg. Er sagte ihr, sie werde die Stelle an zwei weißen Steinen erkennen, die nebeneinander lagen, und trat beiseite.

Der Staub, den der Wind aufwirbelte, wurde dichter. Mary zog das Seidentuch vors Gesicht und erreichte den ersten Kamm. Dahinter erstreckten sich Ketten weiterer Dünen. John Millers Schilderungen kamen ihr in den Sinn, sie stellte sich vor, wie er allein den Hang hinaufgestiegen war, der vor ihr lag, und sie fragte sich, warum er hierhergekommen war. Sie zog das Tuch bis unter die Augen. Robert Nantua, Ali ben Fakr und die Frauen folgten ihr im Abstand von ein paar Metern.
Mary ging auf der anderen Seite den Dünenhang hinunter. Sie sah die beiden Steine schon von weitem und verlangsamte ihren Schritt. Sie erkannte den Einschnitt zwischen zwei Dünen, den ihr Robert Nantua beschrieben hatte, dann eine kleine ebene Fläche; sie sah die paar Meter, die sie noch zu gehen hatte, und daß es um sie herum nichts gab, sie dachte an John, ging noch langsamer, dann blieb sie stehen.

Die Steine waren halb mit Sand bedeckt, verschmolzen fast mit ihrer Umgebung. Sie kniete nieder. Da hatte Johns Körper gelegen, sie beugte sich noch tiefer, fiel beinahe, ihr Körper begann vor und zurück zu pendeln, als singe sie, die Arme an den Leib gedrückt. Sand legte sich auf sie wie auf eine steinerne Statue; nur der Wind, der über die Dünen strich, war zu hören, die Dämmerung färbte den Himmel rötlich. Sie blieb lange, wo sie war, sie war weit fort, aber sie weinte nicht. So kniete sie dort, dem Wind ausgeliefert. Sie hörte die anderen nicht, die näherkamen, wußte nicht einmal mehr, daß es sie gab.
Die Frauen blieben nur ein paar Meter hinter ihr stehen; sie betrachteten Mary. Die junge Mariam wollte zu ihr, aber Nur al-Kutubi hielt sie zurück. Ali ben Fakr dachte an den toten Soldaten, die Frauen auch, und die Berührung des Todes war wieder da, und auch die Trauer.

Später hörte Mary eine Frauenstimme und drehte sich um. Als sie die anderen ein paar Meter hinter sich sah, stand sie auf und wollte fliehen, blieb aber stehen. In der Hand hielt sie das Bild John Millers.
So verharrten sie alle einen Augenblick, ohne sich zu rühren. Sie warteten; dann machte Mary einen Schritt auf die Frauen zu, sie schaute sie an, drehte

sich, die Knie gaben nach, dann ihr Oberkörper; sie hörten ihren Schrei, einen unmenschlichen Schrei. Robert Nantua, auf einmal, ohne es zu wissen, in sie verliebt, wie er es noch nie gewesen war, machte einen Schritt auf sie zu, der Wind hatte ihren Seidenschal nach hinten geworfen; kein Soldat, der, im Wissen, daß er nicht mehr zurückkehren würde, auf die feindlichen Linien zustürmte, hatte je ein solches Gesicht gehabt. Er ging zu ihr, die Frauen traten auch näher, sie wußten, daß Mary es nie alleine zu ihnen schaffen würde. Es reichte nicht, ihr von weitem zuzureden, sie mußte sich jetzt an das Leben erinnern, und wer hätte es ihr in Erinnerung rufen können, wenn nicht sie.

Nur al-Kutubi schob Robert Nantua beiseite, nahm Mary in die Arme und begann, in ihrer Sprache auf sie einzureden, eine Sprache, die Mary nicht verstand, aber das spielte keine Rolle. Sie weinte nicht, Nur al-Kutubi spürte das Gewicht ihres Körpers nicht; sie stimmte das Lied an, das die Frauen manchmal mit leiser Stimme summten, wenn sie ein kränkendes Wort vergessen wollten, einen Abschied oder eine Erinnerung, die zu schwer war. Als sie ihren Körper endlich spürte, richtete sie Mary auf und drehte sie um, sie begann zu gehen. Mariam Manrab, Ali ben Fakr und

Robert Nantua marschierten wortlos an ihrer Seite, wie eine Mauer.

Als sie bei den Jeeps ankamen, war es fast dunkel. Ali ben Fakr lud sie ein, die Nacht in Ridschna zu verbringen, Robert Nantua übersetzte. Mary betrachtete die Schatten der Dünen, die Wagen, die schweigend wartenden Männer, die Frauen. Nur al-Kutubi, die sah, daß sie zögerte, nahm ein Bündel unter ihrem Schleier hervor und gab es ihr. Mary wandte sich an Robert Nantua und bat ihn, noch an diesem Abend aufzubrechen.

*

Mary Miller wartete mit dem Öffnen der Briefe, die Nur al-Kutubi ihr am Abend zuvor übergeben hatte, bis sie in ihrem Hotelzimmer allein war. Der letzte bestand nur aus wenigen Zeilen; sie las den Schlußsatz noch einmal: »… mach Dir keine Sorgen, es ist, als würde ich um den See gehen; ich wünschte, Du wärst hier und würdest mich begleiten, ich liebe Dich. John.«
Sie legte den Brief auf das Bett, das Telefon klingelte. Sie stand auf und ließ es klingeln, dann fiel sie auf die Knie, stieß gegen die Kante eines Sessels aus blauer Serge und schlief auf dem Boden ein.

Als Mary eine Stunde später aufwachte, glaubte sie, jemand hätte an die Tür geklopft, aber es war niemand da. Ihre Sandalen lagen vor dem Bett, ihre Tasche war umgekippt, John Millers Briefe waren auf dem Boden verstreut. Sie wünschte, daß jemand hereinkäme und ihr aufhalf. Durch das halboffene Fenster hörte sie Stimmen von Männern, die vor dem Schwimmbecken des Hotels an Tischen saßen; sie wollte, daß sie sie riefen und aufforderten, sich zu ihnen zu setzen; sie wollte den blauen Sessel nehmen und durch das Zimmer schleudern.

Als das Telefon wieder klingelte, zögerte sie. Sie schaute sich um und sah niemanden; sie nahm den Hörer ab. Eine Telefonistin bat sie zu warten. Sie meinte, John Millers Stimme zu erkennen, da nannte Robert Nantua seinen Namen; er war beunruhigt, er hatte bereits mehrmals angerufen. Er fragte, ob sie etwas essen wolle. Mary hörte ihm zu und schwieg; er sagte, sie solle auf ihn warten und legte auf.

Mary legte den Hörer auf den Tisch, hob die Briefe auf und ließ Wasser für ein Bad einlaufen. Als sie ihre Kleider am Boden sah, nahm sie sich vor, sie am nächsten Tag wegzuwerfen. Sie begegnete ihrem Bild im Badezimmerspiegel und blieb stehen. Sie dachte an John, sie spürte einen Schmerz über

der Leiste, und sie wandte den Blick ab. Das Bad lief fast über, sie öffnete das Badezimmerfenster einen Spalt und ließ sich ins Wasser gleiten.
Als Robert Nantua an ihre Zimmertür klopfte, war sie noch nicht fertig. Sie streifte den Bademantel über, sammelte ihre zerstreuten Kleider ein, nahm ihre Tasche vom Boden auf und öffnete die Tür. Robert Nantua sah sie wortlos an; sie trat beiseite, um ihn eintreten zu lassen, und entschuldigte sich für die Unordnung. Mit nassen Haaren, ihre Sachen auf dem Arm, sagte sie, daß sie Lust auf einen Whisky habe. Robert Nantua mußte bei ihrem Anblick an die im Krieg eilig verlassenen Städte denken, an schlagende Fensterläden, halboffene Türen zu leeren Zimmern. Er ging auf sie zu und nahm ihr die Sachen aus den Händen; der Ausschnitt ihres Bademantels zeigte ein Stück Haut, sie schaute ihn an, ohne sich zu rühren. Er konnte ihrem Blick nichts entnehmen, aber er trat noch näher. Ihr Bademantel war feucht. Sie zitterte. Er hatte den Eindruck, daß sie weinte, und trat zurück.

Sie aßen in dem Restaurant am Meer, wohin sie der Botschafter am ersten Abend geführt hatte, und gingen danach am Strand spazieren. Stacheldraht zog sich über den Sand, um Minenfelder zu kennzeichnen, und die Luft war erfüllt von dem beißenden Geruch der brennenden Ölquellen; sie sprachen keinen Augenblick von ihren Plänen für die nächsten Tage.

Später begleitete Robert Nantua Mary ins Hotel zurück. Sie ging in dem leeren Gang vor ihm her, den Kopf geneigt, die Haare aufgesteckt. In ihrer Tunika und der Hose aus Rohseide wirkte sie sehr groß. Die Tasche hing an ihrem Arm. Mehrere Male glaubte er, sie würde fallen, und jedesmal streckte er die Arme aus, um sie aufzufangen. Sie blieb stehen, zog ihre Sandalen aus und ging weiter, ohne sich umzudrehen. Manchmal ging ein Zittern über ihre Schultern. Da begehrte er sie wieder.

Sie öffnete die Tür zu ihrem Zimmer, trat ein, ohne sie zu schließen, und ging ans Fenster; Robert Nantua folgte ihr und blieb mitten im Zimmer stehen. Sie nahm das Bündel, das ihr Nur al-Kutubi gegeben hatte, und gab ihm einen Brief daraus, dann setzte sie sich auf das Fensterbrett und löste ihren Haarknoten. Robert Nantua setzte sich in den blauen Sessel und las. Dann legte er das Blatt hin und sah sie an. Sie erwiderte seinen Blick. Die Lichter vor dem Hotel erleuchteten das Zimmer; er stand auf und trat zu ihr, legte die Hände an ihren Hals, aber sie neigte abrupt den Kopf nach

unten; da zog er die Hände zurück und sagte: »Ich werde herausfinden, woran Ihr Mann gestorben ist.«
Sie hob den Blick.
»Ich will nicht, daß man ihn ausgräbt.«
»Wollen Sie es nicht wissen?«
»Was wissen?«
»Woran er gestorben ist.«
»Ich weiß es.«
»Sie glauben aufgrund dieses Briefes, daß er sich umgebracht hat?«
»Nein. Das glaube ich nicht.«
»Und nun?«
»Tun Sie, was Sie wollen, aber lassen Sie seine Leiche in der Düne; dort ist er gestorben.«
Mary nahm die Whiskyflasche und schenkte sich ein; die Musik des Hotelnightclubs ein paar Stockwerke tiefer drang gedämpft zu ihnen herauf; sie schwiegen, Einsamkeit und Erschöpfung hatten sie ergriffen. Robert Nantua dachte wieder an John Miller und an sein eigenes Leben, er dachte an die Kaserne, an seine Söhne, seine Frau und die Rückkehr, hierher. Er bat Mary um einen Whisky und setzte sich wieder. Die Musik des Nightclubs war verstummt. Aus einem Nebenzimmer hörten sie das Lachen einer Frau; ein glückliches Lachen. Mary preßte die Hände zusammen. Robert Nantua

hatte das Gefühl, daß sie das Leben mit einer entschlossenen Gebärde wegwarf, wie es die Kinder mit den bunten Plastikscheiben taten, er meinte es mit einem scharfen, harten Geräusch durch die Luft fliegen zu sehen, unbeirrbar geradeaus. Er stellte sein Whiskyglas ab, erhob sich und wünschte Mary eine gute Nacht.

Auf der Schwelle drehte er sich noch einmal um, sagte, daß er ihr zur Verfügung stehe, um die Formalitäten zu erledigen, und ging hinaus, ohne ihre Antwort abzuwarten. In seinem Zimmer erwartete ihn eine Nachricht von seiner Frau; er ließ sie auf dem Tisch liegen und ging schlafen.

*

Als Mary später in der Nacht an Robert Nantuas Tür klopfte, machte er eine unwillkürliche Bewegung, als wollte er sie in die Arme nehmen. Er öffnete die Tür, die Tunika wehte um ihren Körper, die Haare hingen herab, er glaubte, sie nicht wiederzuerkennen. Er ergriff die Hand, die sie ihm entgegenstreckte, um sich zu entschuldigen, und ließ sie wieder los. Die Erinnerung an ein totes algerisches Mädchen, das nackt am Eingang eines Dorfes gelegen hatte, ging ihm durch den Kopf; er wollte Mary bitten, wieder zu gehen, aber sie trat einfach ein.

Nur die Eingangslampe brannte. Robert Nantua hörte Mary zum Fenster gehen und stehenbleiben. Er stellte sich vor, wie sie sich hinauslehnte, und drehte sich zu ihr um; sie schaute in seine Richtung und rührte sich nicht.

Er fand sie schön und sagte es ihr, aber sie hörte es nicht.

Er berührte ihren Nacken, seine Finger strichen über ihr Haar, sein Mund zögerte, bevor er sich an ihre Lippen legte, sein Körper preßte sich an ihren, seine glühenden Hände wanderten weiter, berührten ihre warmen Schultern, ihren Halsansatz, fuhren zwischen ihre Brüste und über die Haut ihres Bauches, der so feucht war wie die feuchten Innenseiten ihrer Lippen, in denen seine Lippen sich verloren. Er führte sie zum ungemachten Bett, spürte, wie sie sich an ihn lehnte, und er beugte sich über sie. Sie war ihm zugewandt, die Tunika offen, der Körper nackt darunter. Seine Schultern lagen auf ihren Schultern, sein Bauch und seine Schenkel auf ihrem Bauch und ihren Schenkeln. Er lag auf ihr, er schloß die Augen, er hörte ihren Atem, und er bewegte sich nicht. Sie nahm, was von ihm geblieben war, warf es weit von sich und verlor es wieder. Sie brauchte keine Gesten, was sie war, genügte. Er behielt nichts. Es war das erste Mal. Er zog sie an sich, nahm ihren Kopf, ihre Lippen, er hielt sie, drückte ihren Körper an sich wie einen Engel aus Stein, um nie mehr loszulassen. Er wanderte mit seinen Lippen so tief, daß nichts mehr sein Gesicht von diesem Frauenkörper trennte, er kam wieder hoch, drang in sie ein, und die unendliche Süße, die sein Fleisch entdeckte, durchfuhr ihn, so daß er aufschrie. Er durchbrach, was ihn noch von ihr trennte, und er empfand eine nie gekannte Sehnsucht danach, die Grenzen ihrer Körper aufzulösen. Er wagte es, in ihr Gesicht zu sehen, das sich nicht entschieden hatte, nicht wußte, ob es leben oder sterben wollte, und seine Augen verloren die Furcht. Er liebte sie, und er sagte es ihr, er erwartete keine Antwort.

Mary spürte, was dieser Mann verlor, ihr war nicht entgangen, daß ihm nichts blieb, sie hatte gesehen, wie er sie begehrte, die Arme nach ihr ausstreckte im Glauben, er wolle sie vor dem Fallen bewahren. Er hatte nichts verlangt, hatte nicht die dummen Fragen gestellt, die mit dem Tod einhergingen. Darum hatte sie zugelassen, daß er in sie eindrang, daß sein Glied seinen Platz suchte und fand. Sie wußte, auf was für eine Niederlage und auf welchen Frieden dieser Mann zuging, und als er sie von neuem an sich drückte und liebte, schloß sie die Augen, ihre Hände öffneten sich, und sie ließ

sich von diesem Mann, den sie nicht kannte, zu einer dumpfen Lust führen, die losgelöst von allem war.
Sie schliefen Seite an Seite ein, berührten sich kaum. Mary wachte im Morgengrauen auf und lag mit offenen Augen da. Sie dachte an John.

*

Als sie aufstand, erwachte Robert Nantua. Er rief sie. Sie antwortete, ohne sich umzudrehen, und schaute durchs offene Fenster zu, wie es Tag wurde.
Später kehrten sie zu dem Dorf in den Dünen zurück; Mary wollte noch einmal die Leute von Ridschna sehen. Die Frauen begrüßten sie so zärtlich, daß sie Lust bekam, zu bleiben. Sie blieben zwei Tage und zwei Nächte. Dann kehrten sie in die Stadt zurück und trennten sich. Robert Nantua hatte seine Nachforschungen noch nicht beendet. Mary wußte genug.

Irgendwo in der Wüste (III)

Epilog

Niemand wußte, wann der Krieg begonnen hatte; er hatte wahrscheinlich schon viel früher begonnen, war schon immer da gewesen. Jene, die fragten, was den Ausbruch bewirkt hatte, taten dies, weil sie glauben wollten, daß er irgendwann nicht existiert habe und irgendwann ein Ende nehme. Aber sie täuschten sich. Der Krieg war aus ihren Begierden entstanden; als die Kinder auf die Welt kamen, hatten sie ihn bereits im Gedächtnis, er war schon vor ihnen da, begleitete nach den Vätern die Söhne und überlebte sie alle.

Als er auf sie zukam, schrien sie mit ehrlichem Schrecken auf, um ihn fernzuhalten, alles in ihnen sträubte sich dagegen. Und doch reichte es, daß

seine Asche wieder aufglühte, und schon waren sie zur Stelle, und als er aufhörte, lastete seine Abwesenheit auf ihnen.
Sie wußten nicht, wie der Krieg begonnen hatte. Sie wußten nicht, welchen Namen sie ihm geben, welchen Platz sie ihm einräumen sollten. Und doch war er ihnen vertraut. Den Frieden hingegen kannten sie nicht. Der Friede existierte nicht, da der Krieg nicht zu Ende war. Sie verwendeten das Wort Frieden und meinten damit nur, daß kein Krieg war. Aber der Friede war etwas ganz anderes. Sie brauchten viel Phantasie, um ihn sich vorstellen zu können, eine Phantasie, die nur schwer zu vereinen war mit dem, was sie waren.

*

John Miller ging seit zwei Tagen und zwei Nächten durch die Wüste, nicht ahnend, daß der Krieg zu Ende war. Als es Abend wurde, blieb er stehen, von einem ungeahnten Bedürfnis, einem plötzlichen Verlangen nach Frieden ergriffen; er wußte nicht, daß dieses Bedürfnis aus dem Krieg selbst geboren wurde. Er setzte sich in den Sand und versuchte zu verstehen, was da, wie eine Liebe, im Entstehen begriffen war.
Der Abendhimmel erglühte, gold und feuerrot,

hoch über ihm kreiste ein Adler mit ausgebreiteten Schwingen; er legte den Kopf in den Nacken und betrachtete den flammenden Himmel, in den der Vogel seine Kreise zeichnete. Der Adler war stumm. Er tanzte in der Luft, einzig in seiner Art, Sturzflüge zur Erde, Kehrtwendungen und langes Schweben wechselten sich ab. Der endlose Flug schien seine einzige Beschäftigung zu sein; sich am Himmel emporschwingend wie ein Schlittschuhläufer, der auf dem Eis immer schneller wird, hob und senkte er seine Flügel in ausladenden Bewegungen, um dann zu gleiten; keinem physikalischen Gesetz unterworfen, erklomm sein Körper unwahrscheinliche Höhen und strafte die Schwerkraft Lügen, er ging jedes Wagnis ein, er bestimmte den Einsatz und spielte damit, als zählte einzig die Schönheit der Bewegung; die Luft schmiegte sich der Bewegung seiner Flügel an und nicht umgekehrt; er liebkoste sie, bearbeitete sie wie ein Künstler den feuchten Lehm, nichts konnte ihn aufhalten; der ganze Himmel schien ihm ergeben zu sein. John Miller beobachtete ihn lange; er kletterte auf den Kamm der Düne, um besser sehen zu können, und lachte über den Zufall, der im selben Moment, als sich in ihm die Vorstellung eines neuen Friedens bildete, diesen von der Freiheit berauschten Vogel so hoch am Himmel kreisen ließ.

Er atmete tief ein; es tauchte etwas jenseits des Krieges auf, er war glücklich, glaubte den Frieden nahe.

Er hätte in das Lager von M. zurückkehren und seit gestern bei seiner Einheit sein müssen. Sein Platz war dort, aber er war nicht da. Er war gegangen; wäre er in Provo gewesen, wäre er zur Hintertür hinaus und zum See gegangen. Aber er war nicht in Provo, es gab keinen See, keine gelben Omnibusse und keine Motels am Straßenrand; es gab keine Straße.
Er hatte die Grenze überschritten, seine Sachen bei einer verlassenen alten Grenzstation abgelegt, vier verwitterte Wände und zwei Fenster mit herausgerissenen Rahmen, und war zu Fuß Richtung Westen gegangen; den Jeep hatte er stehengelassen, er nahm nur einen Kompaß, Wasser, ein wenig Verpflegung und Papier mit.
Sehr bald hatte er die Piste verlassen, die die Panzer in entgegengesetzter Richtung genommen hatten, als sie in den Kampf gezogen waren. Er hatte die Sandebene hinter der Grenze durchquert und war direkt auf die Dünen zugegangen, langsam die erste Flanke bis zum Kamm aufgestiegen, um zu sehen, wie weit sie sich erstreckten, dann auf der anderen Seite hinuntergelaufen; manchmal hatte er

sich umgedreht und sich gefragt, ob er den Rückweg wiederfinden würde; dann hatte er aufgehört, darüber nachzudenken. Noch nie hatte er ein solches Bedürfnis zu gehen verspürt; stundenlang gehen, das allein zählte.

Von Zeit zu Zeit machte er halt, schlief ein paar Stunden und ging weiter; zwei Tage lang hatte er keine einzige Silhouette gesehen, nicht einmal in der Ferne. Die Hitze kam ihm gelegen. Die Nacht kam ihm gelegen. Die Morgen- und Abenddämmerungen kamen ihm gelegen. Er betrachtete die Schönheit um sich herum, die am Tag eine andere war als in der Nacht, und glaubte, daß sie hinter der nächsten Düne zu Ende wäre, aber sie war überall, und ihr Glanz blendete ihn. Er öffnete sein Hemd und schloß die Augen; die Luft um ihn herum vibrierte, der Sand bewegte sich unmerklich unter seinen Füßen, und vor dem unaufhörlichen Schauspiel dieser Landschaften, die so groß wie Kontinente waren, begann er sich eine Welt frei von menschlichen Eingriffen vorzustellen. Kein Machtgefühl begleitete diesen Wunsch; es war die plötzliche Eingebung einer neuen Freiheit.

Aus dieser weiten und erfüllten Welt schien sich das Leben selbst zu erheben, dichter als eine Faust, es brannte auf der Zunge wie ein Gewürz und war doch so sanft. Schon als Kind hatte er dieses

Gefühl gehabt, es war wie ein Versprechen: September in den Bergen von Vermont, Tom war dabei, Judith und Bobby, sie waren zehn Jahre alt, vielleicht auch jünger, und streiften den ganzen Tag durch die Wälder, wateten durch Flüsse und liefen über Lichtungen; sie hatten damals schon den dumpfen Jubel gekannt, den andere im selben Alter nur auf dem Schoß ihrer Mütter spürten, diesen heftigen Wunsch zu leben, den eine sehr junge Freiheit denjenigen schenkte, die unersättlich und mit strahlendem Blick über Wiesen jagen und steinige Pfade hinunterrennen. Und dieses Vergnügen, das auf dem Körper brannte wie eine Hochsommersonne, brachte die Kinder dazu, durch die Tage und Monate des Sommers zu laufen, ohne sich umzudrehen. Aber er erinnerte sich nicht daran. Auf den Dünen, als er vor dem Krieg floh, glaubte John, dies zum ersten Mal zu erleben. Und darum blieb er am Abend nach zwei Tagen und zwei Nächten Marsch stehen, mit diesem Jubel im Herzen, den er für neu hielt.

Die Kilometer, die er auf den Sandebenen und durch die Dünen zurückgelegt hatte, ließen seine Wut und seine Angst zurücktreten, den Lärm der Panzer, die Schreie der Männer; die Stille, die ihn umgab, linderte den Schmerz, der seit Monaten in

Erwartung seiner persönlichen Niederlage in seinem Körper lauerte, und auf der Düne, wo er mit zum Himmel erhobenem Kopf stehengeblieben war, spürte der erschöpfte John Miller endlich ein wenig Ruhe und Frieden. Wenn er in Provo gewesen wäre, hätte er sich an den See gesetzt und bis in die Nacht die Vögel beobachtet, die zu ihrem langen Flug in den Süden aufbrachen. Er dachte an Provo, und die Bilder des Sees standen ihm vor Augen. Er betrachtete die Dünen und sagte sich, daß das, was er bisher für den Frieden gehalten hatte, vielleicht nur die Abwesenheit des Krieges war. Der Gedanke überraschte ihn, er war nicht sicher, ihn wirklich verstanden zu haben. Wo war der Friede, wenn Krieg war? Gab es ihn überhaupt ohne den Krieg? Konnte sich der Mensch vom Menschen befreien, der Mörder vom Mord und das Opfer von seiner Verwundung? Er lächelte, die Wüste brachte ihn auf diese phantastischen Gedanken; er dachte an Mary und sagte ihren Namen, er dachte an den Krieg, der hinter ihm lag, an sein Leben, an die Ulmen im Central Park und die Sonntage in Brooklyn, bleiern von Hitze und Stille. Daran, wie er mit Mary geschlafen hatte, und an die Liebe, die er plötzlich empfunden hatte. An die schnurgeraden Alleen der New York University, an die blauen Anzüge und Krawatten der zukünftigen Anwälte und die Eichhörnchen auf den alten Bänken von Vermont. An seine Mutter. An seinen Vater. An das Schild, das am Garagengitter baumelte. An das schrille Rattern der Hochbahn, das man durch das Küchenfenster hörte. An das Kino Commodoro. Und an sich selbst, in dieser Wüste. Er sagte seinen eigenen Namen, John Paul Miller, mit lauter Stimme. Es gab kein Echo. Er legte sich hin und schlief ein.

Ein Traum weckte ihn. Der Traum spiegelte fast bis in alle Einzelheiten eine Szene, die er drei Tage zuvor im Lager von B. erlebt hatte, wohin sich die Hundertzwölfte zurückgezogen hatte. Die Offensive war im Gang; am Vortag hatten zwei Züge der Kompanie die Piste für die nachrückenden Panzereinheiten freigekämpft. Junge Soldaten aus Provo, die diesen Auftrag erfüllt hatten, erzählten John Miller, daß sie beim Vorrücken auf einen Dünenkamm gestoßen waren, in den sich feindliche Truppen eingegraben hatten. Sie rückten mit ihren Planierraupen vor; sie hatten nicht erwartet, in dieser Gegend jemanden anzutreffen. Um voranzukommen, hätte man sie gefangennehmen müssen. »Man sagte uns, wir hätten keine Zeit«, fügte Morrisson hinzu, ohne John Miller anzublicken, »wir sind einfach weitergefahren.« Sie hatten nicht

angehalten. Ihre Maschinen waren über die Männer hinweggerollt. Sie hatten sie lebendig begraben und die Gräben mit ihren Planierraupen aufgefüllt. Sie hatten ihre Befehle.
John Miller hatte wortlos die kindlichen Gesichter von Morrisson, Neuman und Valentin betrachtet und war zu Steward ins Zelt gegangen. Der Major hatte mit monotoner Stimme zu ihm gesagt, es tue ihm leid, daß er diese Entscheidung habe fällen müssen, aber die Schützengräben und die Männer hätten den Vormarsch aufgehalten. Was hätte er mit all den Gefangenen tun sollen? Er hatte John Miller angesehen und gesagt: »Miller, was ist los mit Ihnen?« John Miller hatte nicht geantwortet.

Am nächsten Morgen war er aufgebrochen, um die Verbindung mit dem Lager von M. herzustellen. Nach einer langen Fahrt hielt er an. Da war nichts als Himmel und Sand. Er stieg aus seinem Jeep und setzte sich, warf einen Blick auf die Karte, stieg wieder ein und wendete. Er fuhr südwärts, auf die Grenze zu.

Der Adler war verschwunden. Der entflammte Horizont überzog sich mit dunklem Lila und Gold, die Luft wurde kühler. Zum ersten Mal seit seinem Aufbruch befiel John Miller ein Gefühl der

Einsamkeit. Sein Traum hatte jeden Hauch von Frieden von ihm genommen. Er betrachtete die Dünen und dachte, daß er vielleicht weiter gegangen war, als er glaubte, und fragte sich, ob er wieder zurückfinden würde. Der Himmel war leer. Er betrachtete die Wüste, das Fehlen jeder menschlichen Spur, ihm war kalt. Da bekam er Angst, eine Angst, die mit der vergleichbar war, die ihn einmal dreißig Jahre früher in Brooklyn auf dem Bürgersteig befallen hatte.

An jenem Tag hatte ihn die Mutter geschickt, zwei Straßen weiter Milch zu holen. Es war ein verregneter Septembermorgen. John Miller hüpfte am nassen Rinnstein entlang, ein Fuß auf der Straße, ein Fuß auf dem Gehsteig. Er hatte die Münzen in seiner Hand, aber die Milch, die er seiner Mutter bringen sollte, hatte er vergessen. An einer Kreuzung hörte der Gehsteig plötzlich auf; die Leute hasteten in nassen Regenmänteln an ihm vorbei, und er wußte nicht mehr, wo er war. Die Hochbahn war verschwunden; er hielt vergeblich nach der Synagoge Ausschau, dem Kino und dem Geschäft, in das ihn seine Mutter geschickt hatte. Von Angst gepackt, blieb er wie angewurzelt auf dem Bürgersteig stehen und wußte nicht, welche Haltung er einnehmen, welche Bewegung er ausführen sollte, bis ein Mann auf ihn zukam und die Um-

stehenden fragte, wo das Kind wohne, und es ein paar Straßen weiter nach Hause brachte.
Diese Geschichte mußte ihm jemand erzählt haben, vielleicht der Mann, der ihn nach Hause gebracht hatte, oder seine Mutter. Er selbst konnte sich nicht daran erinnert haben; niemand erinnert sich an den Tag, an dem man auf dem Bürgersteig stehenbleibt, weil man plötzlich nicht mehr weiß, wohin und warum. Es war dieselbe Angst, die er jetzt spürte, eine Angst, die nicht zu vereinen war mit dem, was er war.

John Miller suchte nach einem Vogel in der Luft, aber es war keiner da, oder nach einem Baum, aber es war auch kein Baum da. So setzte er sich, und der Gedanke, daß sein Leben hier zu Ende gehen könnte, schoß ihm durch den Kopf. Vielleicht war er zu weit gegangen, vielleicht würde er nicht mehr allein zurückfinden, und niemand käme auf den Gedanken, ihn auf dieser Düne zu suchen. Er schloß die Augen und fragte sich, ob sein Verschwinden schon bemerkt worden sei; er grub die Faust in den Sand und ließ sich auf die Düne fallen. Das Gesicht in den goldgelben Körnern und seine Militärstiefel an den Füßen, Wehrstammnummer 59-367, lag er da und begann zu lachen. Er dachte: ›Armer Hund, gerade gut genug, um an die

Straßenlaterne zu pissen.‹ Er sah die Silhouette nicht, die auf ihn zukam. Sie war noch zu weit entfernt und hinter einer Düne versteckt.
John Miller nahm ein Blatt Papier und schrieb an Mary. »Meine Liebe. Wüstenposition 50° West. Habe die Grenze überschritten. Bin weggegangen, hatte das Bedürfnis zu laufen. Mach Dir keine Sorgen, bin nur ein wenig laufen gegangen. Wehrstammnummer 59-367, ich habe meine Erkennungsmarke weggeworfen und den Rest meiner Sachen bei einer alten Grenzstation zurückgelassen. Vielleicht bin ich ein Deserteur. Ich liebe Dich, ich brauche Dich. Ich muß wissen, ob Du mich noch ein wenig liebst. Ich hätte es anders machen wollen. Ich weiß nicht wie. Warum hast Du mich geliebt? Sag mir warum. Ich werde noch ein wenig gehen und dann zurückkehren. Mach Dir keine Sorgen. Ich liebe Dich. John.«
Er faltete das Blatt und steckte es in seine Hemdtasche. Dann streckte er sich der Länge nach im Sand aus und blieb lange so liegen, das Blut hämmerte in seinem Herzen, er beobachtete den Himmel und ließ sich von der Stille gefangennehmen, vom Rieseln des Sandes auf den Dünen und der sanften Luft, die feucht war wie eine Spätsommerbrise. Er schloß die Augen und dachte wieder an den Frieden; er sagte sich wieder, daß der Frieden

etwas anderes sein müsse als die Abwesenheit des Krieges und daß er nicht sicher sei, ob er wußte, was es war, dann schlief er wieder ein.

Als er aufwachte, dachte er an Mary, er hatte geträumt, daß sie neben ihm im Sand saß, die Hand auf seinem Bauch. Er drehte sich zur Seite, als hätte er sie in seinen Armen, stellte sich ihren Körper an seinen gelegt vor, ihre Haut, ihre Hände auf ihm, ihr Lachen, sie war ihm zugewandt und lächelte; da drückte er noch fester zu mit seinen Armen, die um nichts geschlossen waren, und war dem Weinen nahe. Er stand auf, betrachtete die Düne, den Abdruck seines Körpers im Sand, und es fiel ihm ein, daß er noch vor wenigen Minuten geglaubt hatte, daß er sein Leben hier beschließen würde. Er schämte sich ein wenig, daß er daran gedacht hatte, hier für nichts und wieder nichts zu sterben; als genügte es, sich auf den Boden zu legen und alles aufzugeben, um zu sterben. Er wollte umkehren und zurückgehen; er war weit genug gegangen, er fühlte sich stark genug, die Kilometer des Rückwegs auf sich zu nehmen und sich den Fragen zu stellen. Wenn er wieder bei seiner Einheit war, würde er wissen, was zu tun war; der Friede existierte nicht, er kannte ihn nur als die Abwesenheit des Krieges, aber was sollte es, er würde wahrscheinlich nie etwas anderes kennen.

Er bürstete den Sand ab, der an seinen Kleidern haftete, streckte sich und warf einen letzten Blick auf den leeren Himmel über ihm, ohne das leichte metallische Geräusch in seinem Rücken zu hören.

John Miller brauchte ein paar Sekunden, um zu begreifen, daß er nicht allein war. Er wollte sich umdrehen, glaubte sich gerettet, als eine Stimme hinter ihm befahl, sich nicht zu rühren.

John Miller hält mitten in seiner Bewegung inne. Er hört das Rascheln von Stoff hinter sich, dann nichts mehr. Für einige Sekunden ist alles still. Er steht vor dem kupfernen Himmel, die Arme von sich gestreckt. Er wartet. Dann hört er Schritte auf dem Sand, die näherkommen, und spürt jemanden in seinem Rücken. Seine Muskeln spannen sich. Er denkt an nichts. Er merkt, wie sich etwas an seinen Rücken legt, etwas Kaltes, das über seine Haut gleitet, zum linken Schulterblatt und dort innehält. Er spürt den Lauf eines Gewehres.
Schweiß steht auf seiner Stirn. Der Sand vor ihm reflektiert das letzte Licht der Sonne. Er beginnt zu sprechen. Er sagt, daß er unbewaffnet ist, daß er sich umdrehen möchte, damit der Mann ihn sehen kann, dann wartet er. Der Mann antwortet nicht, aber der Lauf entfernt sich. John Millers Muskeln

entspannen sich. Er meint, er könne sich gleich umdrehen, will aber eine allzu brüske Bewegung vermeiden. Für ein paar Sekunden ist alles still. John Miller wartet, die Düne liegt da, er sieht, wie sich der Himmel verdunkelt, der Vogel ist nicht wiedergekommen. Dann fällt der Schuß.

Im selben Augenblick, als er den Knall hört, spürt John Miller die Kugel in seinen Rücken eindringen, unterhalb des Schulterblatts. Der Schmerz bricht jäh aus, kurz, wie eine Verbrennung. Die Kugel zerfetzt auf dem Weg in seinen Körper ein wenig Haut, dann den Knochen. John Millers Herz zieht sich zusammen. Im Innern des Körpers gebremst, verlangsamt sich die Kugel und bleibt auf der rechten Herzseite stehen. Da scheint sie zu zögern; um sie herum schlägt das Herz, die Arterien verengen sich, dann gerät sie ins Trudeln, die blutgefüllten Membranen ziehen sich um sie herum zusammen, trennen sich, und da explodiert sie; dafür wurde sie von Menschen erdacht, daß sie beim Eintreten in den Körper auseinanderplatzt.
Ein Schlag durchläuft John Millers Körper. Eine plötzliche Hitze durchspült ihn. Sein Herz zerreißt, sein ganzer Körper zieht sich zusammen. Ein Kampf findet statt, seine Muskeln versuchen sich zu spannen, seine Knochen verhärten sich, als

wollten sie seinen Körper vor dem Zusammenbrechen bewahren. Der Schmerz ist stark und diffus, krümmt seinen Körper, beugt seinen Nacken, nie hat er etwas Vergleichbares gefühlt. Sein Geschlecht richtet sich auf. Er hebt den Kopf. Es kommt ihm vor, als würde sich sein ganzer Körper spannen wie bei intensiver Lust. Im nächsten Augenblick spürt er ihn nicht mehr. Und stürzt zu Boden.

Der Sohn des Blinden steht hinter John Miller, das Gewehr in der Hand; er wartet, bis er gefallen ist, um die zwei, drei Schritte zu gehen, die sie voneinander trennen. Er fragt sich, ob der Mann tot ist. Es ist das erste Mal, daß er getötet hat, aber er empfindet nichts Besonderes, keine Erleichterung, keine Freude. Sobald John Millers Körper am Boden liegt, tritt er heran und beugt sich über ihn; er ist neugierig auf das Gesicht des Mannes, den er soeben erschossen hat, aber er sieht nichts, es ist, als blickten seine Augen durch Wasser.
Wie durch einen Schleier sieht John Miller das Gesicht des Fremden über sich. Er sieht das Gewehr, das er in der Hand hält, er hat den Eindruck, daß eine Grimasse seine Züge verzerrt, er möchte etwas sagen, aber aus seinem Mund dringt kein Laut.
Der Mann beugt sich noch weiter vor, sein Gesicht

ist ganz nah. John Miller kann seinen Atem spüren. Er sieht seine weit aufgerissenen Augen, er denkt, der andere wolle wissen, wie der Tod aussieht, aber er merkt, daß er nichts sieht. Noch nie hat jemand solch einen leeren Blick auf ihn gerichtet; die Augen des Mannes scheinen etwas zu suchen, verweilen aber nicht auf ihm, sie schauen ihn nicht an, sie sehen nichts. Da begreift John Miller, daß er nicht sprechen wird. Er kann nicht mehr tun, als ihn anzusehen. Aus Gründen, die er nicht kennt, hat dieser Mann beschlossen, seinem Leben hier ein Ende zu setzen.

John Miller kann die Augen nur mit Mühe offenhalten. Er betrachtet den Sohn des Blinden. Er sieht, wie sich eine alte Angst auf dessen Zügen abzeichnet, und sagt sich, daß diese Angst schon immer dagewesen sein muß, daß sie ihm dieses eckige, fliehende Gesicht und den wahnsinnigen Glanz der Augen verliehen hat. Seine Züge tragen auch die Spur von etwas, was früher wahrscheinlich eine immer wieder verschobene, immer fehlgeschlagene Suche nach Frieden war; er erkennt sie an einem Rest Sanftheit auf der Stirn und auf den Wangen; er hat Lust, mit der Hand darüberzustreichen, und versucht, die Finger auszustrecken, aber die Finger reagieren nicht, seine Hand bleibt auf dem Sand liegen.

Der Himmel über ihnen verdunkelt sich. John Miller friert. Eine unendliche Müdigkeit befällt seinen Körper. Er will diesen verstörten Mann, der kein Wort herausbringt, nicht mehr über sich sehen. Er möchte, daß er geht. Er möchte ihm sagen, er solle gehen, aber er hat nicht die Kraft dazu. Er wendet den Kopf ab. Er sieht den Himmel, der sich nicht zwischen Feuerrot und Schwarz entscheiden kann, kaum noch. Der Körper des Mannes über ihm verströmt eine leichte Wärme, die bis zu ihm dringt, aber er weiß, daß er die Augen nicht mehr lange offenhalten kann und schließt sie einen Augenblick, um sich auszuruhen.
Der Sohn des Blinden fragt sich, ob der Mann tot ist, er berührt ihn mit der Hand und will ihn schütteln; er hat plötzlich Angst.
John Miller öffnet die Lider noch einmal und hört ihn murmeln; er versteht nicht, was er sagt, aber der Ton erinnert ihn an einen Mann, den er als Kind auf dem Schulweg getroffen hatte. Jedesmal, wenn er an ihm vorbeiging, stieß der Alte Drohungen zwischen den Zähnen hervor. Es ist derselbe Tonfall, ernst und zitternd, wie ein Vorwurf.
Da dreht John Miller sein Gesicht dem Sohn des Blinden zu und lächelt ihn an. Erst reagiert dieser überhaupt nicht, nur seine Pupillen haben sich etwas geweitet, aber John Miller sieht eine neue

Angst darin; er lächelt, sagt mit letzter Kraft: »Salam«, Friede. Der Sohn des Blinden wendet den Blick ab und richtet sich auf.

Der Mann steht jetzt mit dem Rücken zu ihm, das Gewehr in der Hand, die Schultern zusammengezogen. John Miller weiß, daß er gehen wird. Er sieht, wie er die Waffe an sich preßt, wie der Schweiß ihm über den Nacken läuft, der Sand an seiner Tunika klebt, und er sieht seinen schmalen, fast jugendlichen Rücken, der seiner Gestalt etwas Unvollendetes verleiht. Er steht regungslos auf der Düne; John Miller fragt sich, worauf er wartet. Er sieht, wie er sich noch einmal zu ihm wendet und seinen Körper betrachtet; er glaubt, daß er ihn töten wird, aber der Sohn des Blinden hebt die Augen zum Himmel, sucht ihn ab, dann dreht er sich um und geht.

*

John Miller wartete, bis der Sohn des Blinden von der Düne verschwunden war, dann streckte er Arme und Beine aus; er spürte den Sand unter seinem Kopf, unter seinem ganzen Körper; er litt nicht, er beendete sein Leben wie ein Straßenköter. Er wunderte sich, daß in seinem Körper keinerlei

Aufbegehren war, nicht der Wunsch aufzustehen und wegzulaufen, kein Schrei, kein Schluchzen; er hatte einfach Lust zu schlafen, eine süße Lust, wie nach einem Tag am Strand.
Der Himmel über ihm war schwarz geworden. Er widerstand lange dem Bedürfnis, die Augen zu schließen, aber er hatte nicht mehr genug Blut in seinem Körper, nicht mehr genug Kraft; er ließ die Lider zufallen.

*

Der Augenblick des Todes öffnete John Miller wieder die Augen. Ein eisiger Luftzug hatte ihn gestreift, als hätte die Hitze nie existiert, dann trat eine Betäubung ein, eine plötzliche, vollkommene Abwesenheit, die den Tod vorwegnahm; er versuchte vergeblich, den Kopf zu heben, der schwer auf dem Sand lag; er glaubte den Vogel zu sehen, der langsam über ihm kreiste und seinen Tod begleitete, aber er täuschte sich, der Himmel war leer, nichts regte sich, die Stille legte sich über alles und kündigte die Nacht an. Da bekam er Angst, große, unermeßliche Angst, ein wildes Verlangen, gerettet zu werden. Er wollte, daß jemand kam und seinen Körper aufhob, ihn tröstete, ihm sagte, Schluß, es ist vorbei. Er versuchte, den Mund zu öffnen, aber die Lippen blieben geschlossen, er versuchte aufzustehen, sich umzudrehen, vergeblich. Er versuchte, die Arme auszustrecken, die Augen zu öffnen. Eine Übelkeit ergriff ihn, seine Lippen nahmen einen säuerlichen Geschmack an, und er spürte, wie ihn Bedauern erfaßte, ein verrücktes Bedauern. Ein letztes Mal versuchte er, die Lider zu heben, und der Himmel erschien vor ihm, schwarz wie der Meeresgrund, Farben entstanden in ihm, klare Farben, es schien ihm, als richte sich sein ganzer Körper auf und fiele zurück, hart und steif wie kaltes Eisen. John Miller atmete kaum noch, es schien ihm, als käme der Tod, als wäre er da. Da packte ihn von neuem eine furchtbare Angst; er kam sich nicht menschlicher vor als ein Hund, der mit aufgeschlitztem Bauch auf der Straße verreckte, der sein Leben beendete ohne einen Blick auf sich oder jemanden, der noch ein Wort an ihn richtete. Ein tiefer Selbstekel befiel ihn. Er war vor dem Krieg geflohen, dem Morden, der Scham für jene, die töteten. Er hatte geglaubt, sich abseits halten und verkünden zu können, daß sein Platz nicht unter ihnen sei; er hätte genausogut verkünden können, daß sein Platz nicht unter den Menschen sei, aber der Sohn des Blinden hatte ihm, als er ihn tötete, in Erinnerung gerufen, was er war. Tränen liefen ihm über die Wangen. Er wollte aufstehen und weg-

gehen, seinen alten Platz unter den Menschen wieder einnehmen. Aber er würde sterben, er würde nie mehr aufstehen; sein Platz war jetzt hier.
John Miller weinte, und die Tränen gruben eine dünne, feuchte Falte in seine Haut. Er spürte ihre Hitze auf den Wangen, eine letzte Hitze, und wunderte sich, daß er sie spürte. Da erinnerte er sich an die Sanftheit des Regens auf der Haut und an seinen Körper, wenn er in das warme Meerwasser getaucht war; diese Erinnerung besänftigte ihn, sein Atem wurde ruhiger, es schien ihm, daß ein wenig Friede die Angst ablöste, ein träger Friede, vergleichbar mit Versöhnungen, und dieser Friede weckte in ihm die letzte unaussprechliche Vision von Leben, die die Menschen an der Schwelle des Todes begleitet. Das Leben richtete sich vor ihm auf, löste sich von seinem Fleisch und stieß einen schwachen Schrei aus, einem Schmerzensschrei ähnlich; dann erhob es sich zu seiner vollen Größe und blieb unbeweglich stehen. Aufgerichtet wie ein Propellerblatt im Wind, so weit und so hoch, daß es jegliches menschliche Maß hinter sich gelassen hatte, hielt es mitten in der Bewegung inne und stand vor ihm. John Miller nahm sein restliches Bewußtsein zusammen und betrachtete es; er glaubte, es würde verlöschen, es konnte nicht so bleiben, so aufrecht, und den Tod ignorieren; aber es erhob

sich noch höher und stand zitternd und fest vor ihm, wies überall alte Narben auf, blaue Flecken, und zeigte seine harte, vollkommene Schönheit. Er sah es, gespannt wie das Gewölbe einer Kathedrale, es hatte die Reinheit von Marmor, der den Madonnen die Würde und Glätte ihres Gesichts verleiht. Dann war es winzig wie ein Hirsekorn, bewegte sich nicht, lächelte nicht, war einfach da, wie das werdende Kind vor der Geburt. John Miller liebte es mit einer Liebe, zu der er sich unfähig geglaubt hatte; jedes Teilchen seines Körpers, der ihn so weit getragen hatte, ging vor ihm auf. Auf seinen bereits trockenen Lippen deutete sich ein Lächeln an, und das Leben bot ihm den Geschmack des Regens, der die trockenen Böden durchtränkt, und der Sonne auf Teer, den Geruch von neuem Leder, von Büchern, die noch nicht aufgeschnitten sind, und von gebratenem Schinken und die Farbe von taghellen Sommerabenden und die dunkle von Marys Haut. Es zeigte ihm die verrunzelte Hand, auf der der alte Ehering funkelt, und das Kind, das nicht weiß, welcher Körper eines Tages aus seinen schmalen Hüften und der formlosen Brust hervorgehen wird, und es führte ihm die Melodien alter Frauen mit rissiger, samtener Haut vor, die auf ihrer Schwelle sitzen, und den Gesang der Männer, die die Liebe gepackt hat, diese dunklen und klaren

Stimmen, der dumpfe Ton von Papptrommeln, die die Kinder bei Festen schlagen, und die erhabene, souveräne Stimme Jessye Normans. Das Rauschen des Wassers unter dem Schiffsrumpf. Die Lichtreflexe in Marys Blick. Das verrostete Gitter vor der Werkstatt seines Vaters. Den Namen seiner Mutter. Und seinen eigenen, der auch der Name seines Vaters war.

Da lachte er kurz auf, es war wie ein Kinderlachen, und wieder liefen Tränen über John Millers Gesicht. Ein letztes Mal hatte er den Eindruck, daß sein Körper sich zu voller Größe aufrichtete, um noch einmal die Weite des Lebens zu sehen. Dann spürte er, wie er schwächer wurde und nachgab; er war bereit zu verstummen. Ein Geschrei entstand in seinem Kopf, ein Schmerz; er konnte nicht mehr unterscheiden, ob sich das Leben oder der Tod in ihm regte. Ein letztes Mal hatte er Lust, das Leben zurückzuerlangen, einfach das Leben, sich daran zu erinnern, es kennenzulernen, es zurückzuhalten; er versuchte, sich ihm zu nähern, es zu betrachten; es war da, sehr weiß, und richtete einen sanften, aber bereits abwesenden Blick auf ihn, der die Trennung ankündigte.

John Millers Herz bäumte sich auf. Er zuckte zusammen; er spürte wieder den Schmerz, das Leben sah er nicht mehr. Der Schmerz erreichte sein Gehirn, bald würde er nichts anderes mehr spüren, er verkroch sich darin, deckte sich damit zu und, als er den Brennpunkt dieser Qual erreicht hatte, suchte er wieder das Leben und entdeckte es; es war kaum stärker als ein Papiertaschentuch, es war bereits weit weg, fast außerhalb von ihm, wie ein Fetzen, ein Blatt, das der Wind vor sich hertreibt, ein weißer Kiesel, der zu nichts mehr dient. John Miller aber schaute es an, als wollte er es sich ins Gedächtnis einprägen. Er wollte es ein letztes Mal auf sich spüren, aber es antwortete nicht. Da beruhigte sich der Schmerz. John Millers Herz schlug kaum noch. Er sah das Leben kämpfen, sich beugen; er hörte es seufzen, dann entfernte es sich. Er hatte den Eindruck, als krümmte es sich; bald war es nur noch eine undeutliche Form. John Millers Körper zuckte ein letztes Mal, und das Leben verschwand, löste sich auf.

John Miller, der allein zurückblieb, dachte an die Männer, die er gesehen hatte, an die Gesichter der Frauen, der alten Menschen und der Kinder, denen er begegnet war, die Augen auf das Meer hinaus oder in ausgetrocknete Rinnsteine gerichtet. Er dachte daran, was gewesen war und was sie hätten sein wollen, dann spürte er, wie sich Kälte in ihm ausbreitete, er staunte, daß er sie überhaupt noch spürte, dann starb er, hin und her gerissen zwischen dem Bedauern, daß er nicht mehr die Kraft hatte, weiterzugehen, dem plötzlichen Wunsch, alles noch einmal zu leben, dem Schmerz, diesen Wunsch nicht früher gehabt zu haben, und der Verblüffung, daß es so zu Ende ging.

Tahar Ben Jelloun

»Eines der großen Bücher des Jahres.« Brigitte

Tahar Ben Jelloun
Verlassen

Tanger verlassen – das ist die Obsession einer ganzen Generation. Bei schönem Wetter sieht man die spanische Küste in nur vierzehn Kilometer Entfernung. Sie sitzen in den Cafés, trinken Tee, rauchen Haschisch und träumen sich hinüber. Unter ihnen Azel, arbeitslos nach einem Jurastudium, ohne jede Aussicht auf einen Job. Aber die Hölle aus Armut, Korruption und Demütigung, die er in Marokko hinter sich lässt, ist nur das Spiegelbild der anderen Hölle, die ihn erwartet: Einsamkeit, Prostitution und der Verlust seiner Würde in der Emigration.

»Tahar Ben Jelloun gibt den Migranten Namen, Gesichter, Stimmen. Ein gelungenes Buch.« *FAZ*